Recueil de Nouvelles

Opérette

Opérette

Manon Lilaas

© 2022 Manon Lilaas

Édition : BoD – Books on Demand, info@bod.fr
Impression : BoD – Books on Demand, In de Tarpen 42,
Norderstedt (Allemagne)
Impression à la demande

ISBN : 978-2-3224-5058-9
Dépôt légal : Septembre 2022

*À chacun de ceux qui m'ont encouragée,
qui m'ont permis de me dépasser, et qui, à leur manière,
sont aussi derrière ce livre.*

*À l'une des plus merveilleuses personnes que je connaisse,
celle de qui l'avis est le plus important à mes yeux,
ma petite sœur.*

*À ce groupe fabuleux qui me donne le courage d'avancer
en gardant le sourire.*

Du même auteur…

Romans :
Du bout des doigts 1 (août 2021)
Du bout des doigts 2 (octobre 2021)
À la croisée des suicides (novembre 2021)
L'étoile de Noël (novembre 2021)
Boy's love Café 1 (février 2022)
Boy's love Café 2 (avril 2022)
Dans l'ombre de sa folie (juin 2022)
Boy's love Café 3 (juillet 2022)

Recueils de nouvelles :
Sonate (mai 2021)
Symphonie (mars 2022)
Valse (juillet 2022)

Avant-propos

Ces nouvelles sont à l'origine des récits postés sur la plateforme d'écriture Wattpad. Il s'agit de fanfictions, de fait il m'a fallu modifier les noms des protagonistes. En revanche, puisque je suis une personne fainéante, je les ai modifiés, mais sur l'ensemble de mes recueils. Autrement dit, il y a des noms qui reviennent dans plusieurs récits, même si ces derniers n'ont aucun lien les uns avec les autres.

Le Jihwan de « La Citadelle », par exemple, n'est pas celui de « Jusqu'au bout », texte qui apparaît dans mon recueil *Sonate*. Il n'existe aucune continuité entre ces histoires.

Je m'excuse et espère quand même que cela ne constituera pas une gêne lors de votre lecture, que je vous souhaite agréable. ♥

Arthur

Un dimanche de canicule…

- 15h -

Inconnu – Wesh regarde mon glaçon comme il est grave trop swag !
Inconnu – *a envoyé une image*
Inconnu – Y a pas une goutte d'eau qui ne soit pas de glace ! J'en avais jamais réussi un pareil avant ! Toute l'eau que j'avais mise dans le verre a gelé, il est énorme !
Inconnu – Il est déjà plus gros que Ice Man, hein ? ^.^

Yejun – Qu'est-ce que tu racontes ? T'es qui ?

Inconnu – OH FUCKING BORDEL DE SHIT DÉSOLÉ !
Inconnu – Si tu veux savoir, t'as juste un numéro de différence avec ma mère. :3

Yejun – D'une part je m'en moque, et d'autre part… attends, tu parles de tes glaçons à ta mère ?

Inconnu – Bah ouais, c'est elle qui a trouvé le petit nom de mon ancien glaçon, celui que j'ai fait hier. Elle l'a appelé Ice Man.

Yejun – Ok, super…

Inconnu – Elle l'a appelé comme ça parce que comme il était gros, carré et informe, il lui rappelait un homme. Moi je le trouvais plutôt féminin, mais c'est ma mère, elle connaît mieux que moi ces choses-là. :)

Yejun – Tu l'as fait avec quoi, ton glaçon ?

Inconnu – Un gobelet d'eau entier au congélo.

Yejun – Il ressemble à une bite génétiquement modifiée…

Inconnu – Tu veux dire que mon glaçon ressemble à… une Tcherno-bite ? O.O

Yejun – Pourquoi tu me parles ?

Inconnu – Parce que ma mère répond pas. T-T

Yejun – C'est fort étonnant.

Inconnu – Je trouve aussi. Pourtant, elle adore parler de mes glaçons…

Yejun – Je n'en doute pas un instant.

Inconnu – Dis-moi, c'est quoi ton petit nom ?

Yejun – Yejun.

Inconnu – Moi c'est Taeil, enchanté. ^^

Yejun – Je t'ai pas demandé ton nom.

Taeil – Et pourtant je te le donne. T'es un chanceux toi, tu le sais, ça ?
Taeil – Tu crois que je devrais appeler mon glaçon « Ice Man Junior » ?

Yejun – On dirait un nom de super héros…

Taeil – Moi je trouve que ça manque un peu d'imagination.

Yejun – Ah ok.

Taeil – Après, je veux pas forcément un truc original, mais un truc qui lui ira bien, tu comprends ?

Yejun – Bien sûr.

Taeil – OMG ! ARTHUR !

Yejun – Arthur ?

Taeil – Je vais l'appeler Arthur ! Mon glaçon !

Yejun – *facepalm*

Taeil – Ça lui va bien, hein ? :D

Yejun – Oui, oui, très bien même. Je suis ravi pour Arthur et toi.

Taeil – Mon bébé grandit si vite !

Yejun – Et il fond à quelle vitesse ?

Taeil – Il est resté trois jours au congélo. C'est très lent. :)
Taeil – Il tient bon !

Yejun – D'ailleurs… pourquoi Arthur ?

Taeil – Je trouve qu'il a l'air viril, comme le roi Arthur. Il a une tête à s'appeler Arthur.

Yejun – Tu trouves qu'il a une tête ?

Taeil – Bah ouais, pas toi ?

Yejun – Si, si. Bien sûr.
Yejun – Je ne sais plus quoi dire.

Taeil – Arthur sait. Je lui enseigne le coréen. Il apprend vite, ça *coule* tout seul XD

Yejun – Je me demande pourquoi je te supporte…

Taeil – Je veux lui chanter une berceuse. *.*
Taeil – Je vais lui chanter « fais dodo » !

Yejun – T'as pensé à « Ainsi *fond fond fond* » ?

Taeil – T-T
Taeil – Tu sais bien que les gosses ont pas beaucoup d'humour.
Taeil – Il est tellement adorable, cet enfant, avec son immense bouille !
Taeil – Je suis amoureux, Yejun… ♥

Yejun – Bah dis-le-lui.

Taeil – T'es malade ? C'est qu'un enfant, je suis pas pédoglaçophile, moi !

Yejun – C'est quoi encore, ces conneries… ?

Taeil – Tss, tu peux pas comprendre.

~~~

- 15h30 -

Taeil – Arthur est un sale petit ado capricieux : il sait qu'il a une bouille à croquer, alors il en profite pour pas me rafraîchir comme il le devrait ! Et moi je suis trop faible pour ne pas laisser passer ça. T-T

Yejun – Quelle horreur.

Yejun – Croque-lui sa bouille, tu vas voir, ça va rafraîchir.
Yejun – Et en plus il a pas de bouille.
Yejun – À moins que t'aies fait comme le gars avec son ballon dans *Seul au monde*.

Taeil – Bien sûr que c'est ce que j'ai fait, j'ai dessiné un visage sur un post-it pour le coller sur lui… mais ça colle mal. ^^'
Taeil – Ah la la, qu'est-ce que je dessine bien ! *.*

Yejun – Omg pitié non…

Taeil – Il est beau, c'est totalement mon type de mec ♥

Yejun – De mec ?

Taeil – Juge pas. -_-

Yejun – J'suis bi, c'est pas moi qui vais juger.

Taeil – Arthur t'aime déjà. ^^

Yejun – Cool, ça me fait super plaisir. Je suis enthousiasmé par cette nouvelle.

Taeil – Et toi, tu l'aimes ?

Yejun – Pas s'il refuse de te rafraîchir.

Taeil – T'es quelqu'un de bien, tu sais ?

Yejun – Ouais, je sais.

Taeil – Tu crois que pour le punir je devrais lui dessiner de l'acné ?

Yejun – Je sais pas, c'est peut-être un peu trop cruel, non ?

Taeil – Tu vois les fils électriques vers lui sur la photo ? C'est ceux de mon ordi portable. Il chauffe, et moi ça me donne chaud. Et Arthur, est-ce que tu sais ce qu'il fait pendant ce temps-là !

Yejun – Il fond ?

Taeil – Non, il fait rien ! Strictement rien !
Taeil – Mais t'as raison, il commence à fondre un peu, aussi…

Yejun – Pauvre Arthur…

Taeil – Le prends pas en pitié, c'est un vicieux, il fait l'innocent, mais en fait, lui il est bien au frais pendant que moi je subis la canicule !

Yejun – T'as pensé à l'envoyer à l'école des glaçons ?

Taeil – Oh mais oui ! Quelle idée brillante ! Au pôle Nord !

Yejun – Il aura fondu avant d'arriver.

Taeil – NOOOOOOOON !

Yejun – Drama queen… -_-

Taeil – T'as quel âge toi d'ailleurs ?

Yejun – Ta question n'a aucun lien avec ce qui précède… alors pourquoi ce « d'ailleurs » ?

Taeil – Balec', réponds, tout simplement.

Yejun – 20 ans, et toi ?

Taeil – 17.

Yejun – Oh merde non, je croyais parler avec un enfant…

Taeil – Bah pourquoi ?

Yejun – Je me le demande…

Taeil – Arthur essaie de regarder mon tel, je crois qu'il est un peu jaloux que je discute avec toi. :3

Yejun – Tu m'en diras tant…

Taeil – Il est tellement curieux de tout, je suis sûr qu'il ferait un élève brillant. ♥

Yejun – Super, tu me diras s'il a réussi ses études.

Taeil – Ouaip, je te tiens au courant !

~~~

- 15h50 -

Yejun – Jun, je suis tombé sur un dingue !
Yejun – Réponds…
Yejun – Tu vas adorer, je te jure.

Junwoo – Ok, dis toujours.

Yejun – Y a un taré qui s'est planté de numéro, je te jure ça fait une heure qu'il me parle de son glaçon.

Junwoo – Son glaçon ? Tu te fous de ma gueule, c'est ça ?

Yejun – Même pas ! Je te promets, je peux même t'envoyer les screens ! Il l'a mis dans un bol pour éviter qu'il trempe son bureau en fondant.
Yejun – Un malade, je te dis…

Junwoo – Ça va, ça va, je te crois… et puis t'es pas assez con pour inventer un truc pareil.

Yejun – Encore heureux. -_-

Junwoo – Mais pourquoi il t'envoie ça à toi ?

Yejun – Il s'est planté de numéro, il voulait dire ça à sa mère. À sa mère, quoi… Ça doit être de famille, la folie, chez eux.

Junwoo – Sans doute… Mais son glaçon il a pas encore fondu en une heure ?

Yejun – Tu verrais ce monstre, il a mis un verre d'eau entier dans son congélo et il a attendu que ça devienne de la glace.

Junwoo – Ok, alors ça va être long…

Yejun – Vu la tête du glaçon, je vais me le coltiner pendant encore au moins une heure…

Junwoo – Et tu le bloques pas ?

Yejun – Il est hors de question que je lui dise, mais je l'aime bien, ce malade mental, avec son glaçon. Il me fait rire.

Junwoo – Il a quel âge ?

Yejun – 17 ans.

Junwoo – Si jeune et déjà si gravement atteint…

Yejun – Je te jure, il a même dessiné un smiley sur la tête de son glaçon !
Yejun – Putain mais qu'est-ce que je raconte, il a pas de tête, son glaçon à la con…

Yejun – Fait chier, il me contamine cet abruti. -_-

Junwoo – Ça en serait presque mignon… :3

Yejun – La ferme, gamin.

Junwoo – Tu sais où il habite ?

Yejun – Je connais que son nom et son âge.
Yejun – Genre je connais mieux la vie d'Arthur que la sienne tu vois.

Junwoo – Arthur ?

Yejun – Oui je t'ai pas dit… il a trouvé un nom à son glaçon…

Junwoo – Ah ouais je vois…
Junwoo – Je me demande à quoi il ressemble (le gars, hein, pas le glaçon).

Yejun – Si c'est vrai que les enfants ressemblent à leurs parents, alors je veux pas savoir…

Junwoo – Arthur est si moche que ça ?

Yejun – Il lui a dessiné un smiley, Jun.
Yejun – Et un smiley qui sourit en plus. Qui sourit comme un con.

Junwoo – Dans ce cas, ils doivent se ressembler un peu quand même.

Yejun – Probablement.
Yejun – Oh putain je te laisse.

Junwoo – ???

Yejun – J'ai une urgence.
Yejun – Tae veut épouser Arthur -_-

Junwoo – Bonne chance…

Yejun – Je vais en avoir besoin.

~~~

- 16h15 -

Taeil – Hyung !
Taeil – (Ça te dérange pas si je t'appelle comme ça, hein ?)
Taeil – J'ai demandé à Arthur s'il voulait m'épouser !

Yejun – Tu m'étonnes, t'avais intérêt à faire vite, il va mourir rapidement avec cette chaleur.

Taeil – Il a dit oui. T-T
Taeil – Je crois que je le fais fondre. ♥
Taeil – Je ferai des bébés glaçons quand il me quittera. ^^

Yejun – Tu seras bien le seul au monde à avoir le droit de congeler tes bébés…

Taeil – Oui, ça sera pour leur bien. :)

Yejun – C'est ce qu'elles disent toutes…

Taeil – T'es sordide, hyung.

Yejun – Et avec Arthur du coup, comment ça se passe ?

Taeil – Quand je lui fais des bisous, ça rend mes lèvres toutes froides. ^^

Yejun – Donc t'embrasses un glaçon.

Taeil – Il fait vraiment chaud, j'y peux rien, c'est la base de sa fonction quand même. T-T

Yejun – Dans ce cas, mange Arthur comme une glace.

Taeil – Beurk, Yejun, es-tu en train de me conseiller de sucer Arthur ?

Yejun – Quand je disais qu'il ressemblait à une bite…
Yejun – De toute façon c'est ton époux maintenant, non ? Libre à toi de fantasmer sur ton glaçon.
Yejun – Non en fait, t'as raison, je vais aller me pendre à la place.

Taeil – Ouf, tu me rassures. :)

Yejun – Dis-moi, tu vis où pour avoir si chaud ?

Taeil – Daegu.

Yejun – Pareil.

Taeil – Que de coïncidences !

Yejun – C'est-à-dire ?

Taeil – Bah, tu t'appelles Yejun et moi Taeil.
Taeil – T'as 20 ans et j'en ai 17.
Taeil – C'est un truc de ouf comme on se ressemble !

Yejun – Si tu le dis.
Yejun – Enfin bref, il fait pas si chaud non plus.

Taeil – Pour mes études, je suis chez ma tante, et même avec un ventilo, être sous les combles, c'est du suicide. Le problème, c'est qu'à part des combles, chez elle, y a pas grand-chose (dernier étage de l'immeuble, tout ça tout ça, tu vois le genre).

Yejun – Je compatis. Tu vas aller à la fac à la rentrée ?

Taeil – Ouaip. J'avais hâte de quitter le lycée, c'était beaucoup trop dur, je ne dormais presque plus.

Yejun – On est tous passés par là…

Taeil – Sauf Arthur.
Taeil – Yejun, je voudrais devenir un glaçon.
Taeil – Mais un vrai bloc de glace, pour pas fondre trop vite.
Taeil – Oh ouais, un gros glacier, genre tellement gros qu'on me donnerait un nom ! *.*
Taeil – Et mon nom, ce serait… Taeil.
Taeil – C'est pas trop badass, tout ça ?! ^.^

Yejun – Je vais cinq minutes chercher un verre d'eau et toi tu me spammes avec tes délires philosophiques…

Taeil – Tout le monde mérite de connaître ces délires. Un jour on me considèrera comme un esprit en avance sur son temps, un esprit incompris !
Taeil – Comme Bouddha.

Yejun – Je pige plus rien à cette conversation.
Yejun – Je vais aller boire un autre verre d'eau, à tout de suite.

Taeil – N'oublie pas que tout verre d'eau est un Arthur potentiel ! Il faut en prendre soin !

Yejun – Je note…

~~~

- 16h45 -

Taeil – Hyung ! Arthur fond à vue d'œil !

Yejun – Quel drame.

Taeil – Les glaçons sont générateurs de larmes, Yejun, c'est bien connu.

Yejun – Ah vraiment ?

Taeil – YOU'RE HERE, THERE'S NOOOOOOTHING I FEAR
Taeil – AND I KNOOOOOOOW THAT MY HEART WILL GO ON

Yejun – Ok, c'est bon, j'ai compris.

Taeil – WE'LL STAY FOREEEEEEEEVER THIS WAY

Yejun – Je t'ai dit que c'était bon…

Taeil – YOU ARE SAAAAAFE IN MY HEART AND

Yejun – Bon, maintenant que t'es lancé, va jusqu'à la fin… -_-

Taeil – MY HEART WILL GO OOOOOOOOOOON AND OOOOOON
Taeil – J'ai une jolie voix. ^^

Yejun – Magnifique, la même que Céline…

Taeil – Merci beaucoup. ♥

Yejun – Je t'en prie.

Taeil – Mon dieu, pauvre Arthur…

Yejun – Quoi encore ?

Taeil – Il est en train de se noyer dans lui-même, c'est tragique. T-T

Yejun – Pauvre Arthur.

Taeil – Ça m'inquiète, son niveau d'eau monte. Il a encore une bonne taille mais il va forcément faire déborder mon pauvre petit bol…

Yejun – Tragique.

Taeil – Mais tu sais, Arthur est quelqu'un de très positif.
Taeil – Il le prend très bien.
Taeil – Il se sent LIBÉRÉ, DÉLIVRÉÉÉÉÉÉÉÉ

Yejun – C'est cool qu'il le prenne bien.

Taeil – Il me fait pitié, il ne tient même plus debout. T-T

Yejun – Je suis désolé pour lui…

Taeil – Non tout va bien, je dois l'accepter.

Yejun – Je serai là si t'as besoin de parler.

Taeil – Merci beaucoup…
Taeil – Il fait même un peu d'humour.
Taeil – Arthur sait faire preuve d'autodérision. ^^

Yejun – Admirable.
Yejun – Ta mère te répond toujours pas ?

Taeil – Si, mais je lui ai dit que c'était rien et que j'avais trouvé quelqu'un avec qui discuter. :3

Yejun – Et merde…

Taeil – C'est drôle, mes amis ils font tous comme toi : ils font les types détachés et qui s'en fichent, mais ils continuent de m'écouter et de me répondre quand même. Ça veut dire qu'on peut être amis ?

Yejun – J'imagine.

Taeil – Ça c'est cool !

Yejun – Alors, et Arthur dans tout ça ?

Taeil – Il se consume. Ça doit être l'amour qu'il me porte qui lui réchauffe le cœur…

Yejun – Alors Arthur meurt d'amour ?

Taeil – J'en ai bien peur…

Yejun – C'est la plus belle preuve d'amour que j'aie jamais vue : d'abord il supporte ta présence, et en plus il aime ça.

Taeil – J'ai un charme qu'un humain lambda ne peut reconnaître.

Yejun – Je dois être ultra lambda, alors…

Taeil – Et pourtant t'es toujours là…

Yejun – T'as raison, quelle erreur… bon, à plus.

Taeil – Me laisse pas ! :'(
Taeil – Hyung ?
Taeil – OMG VITE HYUNG ! RÉPONDS !

~~~

- 17h05 -

Yejun – De quoi ?

Taeil – Il fond de plus en plus vite, l'eau va déborder !

Yejun – Bah va la jeter au lavabo.

Taeil – C'est pas ce qu'Arthur voudrait… T-T

Yejun – Dans ce cas, j'ai pas de solution.
Yejun – Tu vas faire quoi ?
Yejun – Tae, pourquoi tu ne réponds plus ?
Yejun – Taeil, t'es là ?
Yejun – Un problème avec ton glaçon/époux ?

Taeil – Je suis un monstre.

Yejun – ???

Taeil – Il fallait que je vide un peu d'Arthur, sinon il aurait abîmé mon ordi en débordant…
Taeil – Du coup j'ai… j'ai bu Arthur. T-T
Taeil – Ça avait un goût de désespoir, de trahison… et de glace à l'eau.

Yejun – Tu vas t'en remettre ?

Taeil – Je suis arthurophage… c'est atroce, inhumain.

Yejun – Tu vas déprimer ?

Taeil – Je dois rester fort pour lui.
Taeil – Il a besoin de mon aide.
Taeil – De mon amour.
Taeil – De tout le love que je peux lui transmettre.

Yejun – Love ou pas love, il fondra quand même.

Taeil – Dis pas des choses que tu pourrais regretter… T-T

Yejun – Je comprends mieux pourquoi tes amis restent toujours avec toi quand tu commences à délirer…

Taeil – C'est les gens les plus précieux qui existent ♥

Yejun – Eux et Arthur.
Yejun – Et t'as bu Arthur.
Yejun – Sale monstre.

Taeil – C'était même pas bon, en plus…

Yejun – J'en suis navré.

Taeil – Heureusement que j'ai deux autres verres au congélo…

Yejun – T'as déjà des idées de noms ?

Taeil – Je ne le saurai qu'en les voyant.

Yejun – C'est presque romantique.
Yejun – Ça le serait si ça n'impliquait pas que tu remplaces Arthur.
Yejun – Traître.

Taeil – Je l'accompagnerai jusqu'à la fin, mais je sais qu'ensuite, il voudra que j'aille de l'avant.

Yejun – Bien sûr, c'est ce qu'Arthur voudrait.

Taeil – Exactement. Ce n'est plus un glaçon très jaloux, il a beaucoup mûri.

Yejun – T'en as de la chance, heureusement que tu l'as épousé.

Taeil – Je crois que je vais devoir faire mes adieux à Arthur.
Taeil – Je vais le mettre dans ma bouteille d'Ice Tea.

Yejun – Je croyais que tu t'en voulais d'être arthurophage…

Taeil – Chuuut, j'ai pas besoin de ça maintenant, je m'apprête à entrer en période de deuil. Il est bientôt 17h30, il aura donc vécu près de deux heures et demie. Ce fut un glaçon courageux.

Yejun – Oui, admirable.

Taeil – Le monde devrait être tenu au courant de ses exploits.

Yejun – Ses exploits ?

Taeil – Deux heures et demie sous les combles, c'est un exploit pour un glaçon.
Taeil – Je ne le vois plus dans ma bouteille… je crois qu'Arthur nous a quittés…

Yejun – J'te soutiens, mec, t'avais l'air de l'aimer.

Taeil – Merci beaucoup. T-T

~~~

- 17h30 -

Yejun – Tout va bien Taeil ?

Taeil – Je digère la nouvelle.

Yejun – Et Arthur avec.

Taeil – C'est juste.
Taeil – Et au fait… merci de m'avoir suivi dans mon délire. C'était cool d'avoir quelqu'un à qui parler, quelqu'un d'autre que ma mère. :)
Taeil – Au début j'étais convaincu que t'allais me prendre pour un malade et que t'allais m'envoyer balader, j'en revenais pas que tu continues de répondre XD

Yejun – Je m'amusais bien. La prochaine fois que t'auras une aventure avec un glaçon, envoie-moi un SMS, ça me fera passer deux heures et demie sympas. ;)

Taeil – Je sais pas : c'était cool, mais j'ai beaucoup souffert de le voir m'échapper si rapidement, j'étais pas prêt mentalement et je ne pense pas l'être pour une nouvelle relation avec un être aussi éphémère, si beau soit-il. Arthur, il était superbe : des petites bulles d'eau étaient incrustées en lui, il était d'une couleur incroyable, on aurait dit du cristal, admirable !

Taeil – Parmi les glaçons, je sais que ça restera le seul et l'unique, mon âme sœur.

Yejun – Du coup, tu vas faire quoi ?

Taeil – Mon deuil, je reviens.

Yejun – Ton deuil ?

Taeil – J'ai bu beaucoup d'Arthur, faut que j'aille me vider la vessie.

Yejun – À dans cinq minutes.

Taeil – Ouaip !
Taeil – Ça y est, Arthur a été évacué de moi !
Taeil – Bon, maintenant que ma période de deuil est passée, j'imagine que je peux aller de l'avant ! Je pense que je vais essayer de sortir avec un mec, je crois que ça me manque pour que je m'invente à ce point une vie avec un glaçon.

Yejun – Je confirme, t'es un peu frustré je pense.
Yejun – Un peu beaucoup.
Yejun – Même plutôt beaucoup beaucoup.

Taeil – Tss, mais tous mes potes sont hétéros. Bonjour la frustration.
Taeil – Pourtant y en a un, mon meilleur ami, il est tellement beau. Je te jure, je le croquerais bien, lui !

                Yejun – C'est fascinant tout ça.

Taeil – J'en doute pas une seconde.
Taeil – Dis-moi, t'habites vers les universités ?

                Yejun – Ouais, et toi ?

Taeil – En bus, j'y suis en un petit quart d'heure.

                Yejun – Ok.

Taeil – Ça te dit qu'on sorte ensemble ?
Taeil – Dehors, je veux dire.
Taeil – Mais genre au début, juste pour discuter, se connaître et tout.
Taeil – Et qu'on voie par la suite si on veut vraiment sortir ensemble.
Taeil – Pas dehors, je veux dire.

      Yejun – Ouais pourquoi pas, on n'est plus à une connerie près.

Taeil – Cool ! On se retrouve au square près de la fac de sciences du langage ? Y a un type qui vend des glaces.

Yejun – T'es sûr que ça t'évoquera pas des mauvais souvenirs ?

Taeil – T'inquiète pas pour ça. XD
Taeil – Alors, partant ?

Yejun – Ouaip, ça marche. À tout à l'heure, Tae. ;)

Taeil – À tout à l'heure, hyung. ^^ ♥

La Citadelle

« Yejun-hyung, t'as vu comment elles te matent, ces filles ? lança Taeil avec un regard amusé.

—Ouais, ouais…

— Hyung lève un peu les yeux merde ! Où que tu passes, t'attires toujours l'attention des autres, et pourtant, tu restes toujours le nez sur ton téléphone ! »

Taeil se posta devant son aîné, le regard sévère, mais la frimousse toujours aussi adorable qu'à l'accoutumée.

« J'ai jamais demandé toute cette attention, répliqua l'autre d'un ton amusé.

— Pitié, t'es mignon, intelligent, beau gosse, sympathique et super agréable à regarder.

— Et toi t'es vraiment stupide…

— Oh allez, décroche un peu, même moi j'ai arrêté de jouer à ce jeu…

— Et alors ? Ta partie elle était nulle, de toute façon, répliqua Yejun, t'as pas perdu grand-chose. Moi, j'ai un putain de niveau, un inventaire rempli et du fric comme s'il en pleuvait.

— Et dans la réalité, t'as toutes les filles et tous les mecs du bahut à tes pieds, ça te suffit pas ?

— M'en fout de ça…

— Tu vas pas recommencer avec tes « de toute façon je suis jamais tombé amoureux », si ?

— Est-ce que c'est si difficile que ça à croire ?

— Bah ouais ! s'étonna le plus jeune en ouvrant de grands yeux. Attends, sans rire, t'as bientôt dix-huit ans, comment tu peux n'avoir encore jamais aimé ?

— C'est pas une obligation à ce que je sache… Et puis j'ai pas que ça à foutre, je dois m'occuper de mon chevalier.

— Oh, et tu me rappelles c'est quoi le nom de ton chevalier, déjà ? se moqua Taeil.

— T'as du bol que je sois de bonne humeur, gamin… »

Car six mois plus tôt, quand son cadet lui avait montré comment s'inscrire, il avait rempli pour lui certains champs obligatoires, et il avait donné au chevalier de son aîné le doux nom de Junie, jugeant que ce pseudo seyait tout à fait à son ami.

Yejun n'avait pas beaucoup aimé la blague.

Mais aujourd'hui, le puissant Junie était devenu un joueur respecté, et rien n'importait plus à ses yeux – surtout qu'avec un tel surnom, c'était plutôt mal parti, ce qui le rendait d'autant plus fier. Si Yejun s'avérait quelqu'un de très apprécié, il peinait à se lier aux autres, et plus encore quand il s'agissait de sentiments amoureux : jamais il n'avait éprouvé de réelle passion pour quelqu'un, jamais il n'avait senti tout ce dont on parlait dans les livres. Son cœur ne bondissait pas, ses hormones ne hurlaient pas, son bas-ventre ne s'affolait pas. Mais ça ne l'empêchait pas de vivre heureux. Taeil était un ami certes agaçant mais très fidèle, et il recevait tout l'amour qu'il pouvait espérer de la part de ses parents. Yejun se montrait avenant, sympathique et attachant.

La sonnerie retentit, annonçant la fin de la récréation. Taeil retourna avec sa classe tandis que Yejun en agit de même avec la sienne, saluant en vitesse son cadet.

Les deux garçons n'habitaient pas très loin, aussi s'attendaient-ils après chaque journée de cours pour rentrer ensemble. C'était cette proximité géographique qui avait permis à leurs mères de se rencontrer un soir dans un parc alors qu'ils étaient encore tout petits, et cet après-midi-là avait débuté leur amitié en toute simplicité, quand Yejun, à l'époque âgé de huit ans, avait demandé à Taeil, qui avait six ans, s'il voulait devenir son meilleur ami pour la vie.

Et presque dix ans plus tard, rien n'avait changé.

Dès qu'il fut rentré, Yejun fila dans sa chambre terminer ses devoirs et enchaîna avec son RPG favori : la Citadelle. Il y était accro depuis que Taeil l'y avait inscrit, il avait même téléchargé l'application – jouer sur ordinateur restait quand même plus pratique, de l'avis de Yejun. Chaque jour, inlassablement, il transformait Junie en un personnage un peu plus redouté. Ce soir-là, il avait prévu de partir à la chasse au trésor, un évènement organisé une fois par mois qui permettait aux participants de récolter une foule d'items bonus et d'affronter d'autres joueurs. Yejun s'en sortait rarement avec un quelconque dommage, et bien qu'il ne s'agisse que de sa sixième chasse, il se sentait confiant. Après tout, pourquoi s'inquiéter ? Il comptait parmi ceux qui avaient progressé le plus vite et se hissait souvent au sommet du tableau des scores. Rien ne pourrait l'en faire chuter.

~~~

Le chevalier Junie se trouvait sur la Grand-Place de la Citadelle des Hauts-Vents, perchée sur la plus élevée des sept collines qui encadraient la vallée de More. Autour de lui, de nombreux autres joueurs, tous de niveaux différents, mais aucun capable de l'égaler. Il pouvait déjà presque imaginer tous les points d'expérience qu'il allait gagner en l'espace d'une seule petite heure.

Une très courte cinématique se lança, montrant le roi de Guèn (nom du serveur sur lequel jouait Yejun) qui tenait un bref discours afin de présenter le but de la chasse et d'encourager tous les joueurs. Un chronomètre apparut, affichant un temps limité de soixante minutes, et démarra. Tous les participants se ruèrent dans la forêt dans un saisissant remue-ménage. Les terres autour de la vallée de More demeuraient inhabitées, en revanche, dans la vallée se situait une multitude de petites villes – dont la capitale de Guèn, Guigemar, immense ville de pierre et de bois par laquelle transitaient toutes les richesses.

Junie donc s'élança sur sa monture afin de semer les autres chevaliers. Il fila à toute allure hors de la Citadelle, dévalant comme une flèche le versant de la colline. Il jeta quelques regards rapides à ses rivaux : parmi les combattants se trouvaient quelques elfes courageux ainsi que plusieurs mages et diverses catégories qu'il croisait plus rarement telles que les prêtres ou bien les fées, les archers, les artistes martiaux, etc.

Il vérifia que son amulette était attachée à son cou, car c'était elle qui, dans un sens, lui avait permis d'en arriver là. Il avait eu la chance de recevoir de la monnaie du jeu à son anniversaire, un mois plus tôt, et avec il s'était acheté ce précieux pendentif, un talisman en forme d'attrape-rêve. Son utilité s'avérait toute simple : un second joueur possédait la même, ce qui les liait. Quand l'un gagnait de l'expérience, l'autre en obtenait un petit pourcentage, et quand l'un passait un niveau, l'autre acquérait un bonus. De même, les blessures infligées étaient moins graves et, si de toute façon personne ne pouvait mourir pour de bon, cela servait au moins à économiser, puisqu'être réanimé se révélait payant (l'unique option gratuite impliquait d'attendre trois heures). Ainsi, Junie était devenu très vite un chevalier puissant et intrépide qui s'était imposé dans tout Guèn grâce à sa témérité. Il possédait les équipements les plus précieux, les plus flamboyants et les plus efficaces, alors même qu'il était considéré par les anciens joueurs comme un simple novice. L'avatar de Yejun était un chevalier qui surplombait les autres par sa taille, il avait une carrure impressionnante et, en vérité, les seules ressemblances physiques entre Junie et Yejun étaient le gris lumineux de leurs cheveux, le noir charbonneux de leurs prunelles, et la pâleur laiteuse de leur peau.

La chasse était lancée, Junie débola le premier dans la forêt. Dès lors, il se mit en quête d'items rares, mais aussi de joueurs à combattre : tous ceux qui mourraient pendant l'évènement en étaient éliminés, et ceux qui réussissaient à rester en vie jusqu'à la fin recevaient un bonus supplémentaire. Bien sûr, Junie comptait sur son amulette pour l'aider à tenir, et il savait de toute façon qu'il ne servait à rien de s'inquiéter.

Il obtint quelques équipements, ainsi que des potions que les joueurs ne pouvaient pas acheter aux marchands des villes de Guèn. La chasse se révélait fructueuse, et Junie venait de tuer deux elfes à la seule force de son sabre.

Tout à coup, sur le côté de l'écran de l'ordinateur de Yejun apparut une icône qui lui indiquait la présence d'un mage d'un niveau plus élevé que le sien près de lui. Un sourire naquit sur le visage du joueur : les chevaliers étaient vulnérables aux sorts, mais Junie était vêtu d'une armure qui remontait de manière considérable sa défense magique. Sans hésiter un instant, il fonça en direction de ce joueur qui, à coup sûr, ne résisterait pas très longtemps aux assauts de son sabre, arme très efficace contre les sorciers qui possédaient une défense plus basse que leur défense magique.

Il allait le laminer, ce fameux CK.

~~~

Les landes se trouvaient à l'orée de la forêt, bien loin donc de Guigemar, et Junie approchait de plus en plus du mage dont il convoitait les nombreux points d'expérience : le tuer lui permettrait sans doute de franchir un niveau entier d'un seul coup ! CK était déjà apparu dans le tableau des scores auparavant, il se rappelait bien ces deux lettres au-dessus de son propre identifiant, mais jamais il ne l'avait rencontré.

Enfin devant Junie se dessina un jeune homme aux cheveux blancs et aux yeux d'un gris clair, vêtu d'une longue cape de sorcier immaculée sur laquelle étaient brodés des symboles celtiques avec du fil d'or. Il portait des bottes de cuir clair dont la boucle dorée brillait d'un faible éclat. Un masque blanc cachait son regard, ne laissant pas voir ses traits de façon distincte, et ses cheveux étaient coiffés d'un bandeau duquel pendait sur son front une pierre lumineuse qui irradiait et conférait au mage une aura menaçante. Or, Junie connaissait ces équipements : ils amélioraient la magie, mais pas la défense. En quelques coups il en aurait fini avec lui.

Le duel entre CK et lui commença : le sorcier frappa le premier, infligeant à Yejun des dégâts qui ne lui coûtèrent que quelques centaines de PV – peu, donc, pour lui. Junie répliqua aussitôt, il lui asséna un brusque coup de sabre. Le mage renchérit avec un sort qui lui permit de voler à Junie quelques-uns de ses points de vie, mais le chevalier ne flancha pas et utilisa son précieux bouclier, parant une grande partie des dommages. Les offensives s'enchaînèrent, les deux adversaires se montraient de plus en plus sauvages et dans le calme de la lande résonnaient désormais les hurlements déchirants du sabre et des sortilèges qui s'affrontaient.

Junie ne se laissait pas déstabiliser, il maîtrisait tout ce qu'il fallait, il possédait un stock de potions dans le cas où CK le mettrait en difficulté, et il avait gardé en réserve bon nombre de puissantes attaques qu'il ne réservait qu'à de rares cas tels que celui-ci.

Après un nouvel assaut, CK posa le genou à terre, proche de la mort, et Junie déclencha son coup de grâce. Frappé au front, le mage resta immobile quelques instants, puis une importante lueur enveloppa Junie qui ne saisit pas ce qui se passait. Un sceau se dessina sur sa jambe, un sceau qui lui infligeait une intense douleur qui se traduisait par la perte progressive de ses points de vie, comme s'il était empoisonné. Yejun, qui n'y comprenait rien, vit alors des phrases se succéder sur l'écran et qui apparurent lettre par lettre :

Ce mage vous a lancé une malédiction. Le seul remède : trouver le joueur qui partage votre amulette et le convaincre de vous suivre dans la quête de l'herbe sainte, au fond des grottes du puissant Thanatos. La liste des tâches qu'il vous faudra accomplir a été ajoutée à votre liste de quête sous le nom de «

la mort de Thanatos », *vous pouvez la consulter quand il vous plaît.*
Bonne chance à vous, brave chevalier.

Le corps de CK disparut de la lande dès que le message fut terminé, et Yejun se leva tout à coup de sa confortable chaise de bureau.

« Putain de merde ! Foutu mage à la con ! »

Yejun avait oublié que la technique que CK avait utilisée juste avant qu'il n'effectue son coup de grâce portait le nom « chant du cygne » pour la simple et bonne raison que cette technique permettait au mage de jeter une malédiction à celui qui lui infligerait le coup fatal. Ce satané mage l'avait condamné : si Junie perdait de la vie en même temps qu'il agissait, il lui faudrait sans arrêt avaler des remèdes, et sa progression serait vite stoppée. Il devait rejoindre ce fameux joueur, celui qui l'aiderait, et le convaincre de le suivre dans cette quête. Pour une fois, le tchat allait s'avérer salutaire pour Yejun qui, jusque-là, ne l'avait presque jamais utilisé.

Une flèche se matérialisa sur la carte de Guèn pour indiquer le lieu où rencontrer ce joueur qui lui avait permis à tant de reprises de devenir plus puissant, ce joueur à qui il devait en partie son succès. Yejun recula le zoom de la carte afin de découvrir où se rendre : un portail pour changer de serveur et quitter Guèn.

Juste à côté de la flèche se trouvait le pseudo de son futur compagnon d'armes.

« Bon, soupira Yejun en dirigeant les pas de son chevalier vers l'inconnu, à nous deux Whanwhan95. »

~~~

Yejun ne passa qu'une dizaine de minutes sur La Citadelle, le temps d'effectuer un court trajet pour se rapprocher du portail, battant au passage un petit nombre d'ennemis. Il s'était retiré de la chasse sans attendre, souhaitant guérir au plus vite sa blessure. Il ne fallait pas que d'autres essaient de l'attaquer, il risquerait de mourir, et ça, Yejun s'y refusait. Son honneur ne s'en relèverait pas.

Lorsqu'il se sépara de son ordinateur adoré, ce fut pour dîner puis s'occuper de ses devoirs. Sa mère avait accepté qu'il joue à une seule condition : que ses notes restent stables et ne diminuent sous aucun prétexte. Elle lui avait même assuré que dans le cas d'un bon bulletin, elle lui offrirait encore davantage de monnaie virtuelle. Yejun n'avait donc pas hésité à partager son temps entre son ordinateur et ses cours, il étudiait d'arrache-pied pour rendre fiers ses parents et recevoir la récompense tant convoitée. Il savait que par là, sa mère espérait lui montrer que tout travail méritait salaire, mais en toute honnêteté, il s'en moquait pas mal. Lui, ce qu'il voulait, c'était un niveau élevé dans son jeu, et la monnaie virtuelle qu'on lui paierait permettrait de gravir les échelons bien plus rapidement qu'en des nuits entières à affronter des ennemis.

Il reçut dans la soirée un message de Taeil qui se plaignait souvent par SMS de la quantité de travail à fournir et le suppliait de lui donner un coup de main. Il avait bien demandé à Seuljae, étudiant à l'université, mais ce dernier profitait actuellement d'un karaoké avec d'autres camarades, et Junwoo, plus jeune pour sa part, n'avait pas encore étudié ce qui posait problème au pauvre lycéen.

Yejun se coucha tard et s'endormit aussitôt, épuisé par sa journée. Demain, c'était jeudi, et il comptait bien trouver au plus vite le dénommé Whanwhan95. Il avait prévu de lui offrir quelques-uns des items qu'il possédait en double et par lesquels ce joueur serait susceptible d'être intéressé, de cette manière ils pourraient conclure un marché : Whanwhan l'aiderait pour récupérer sa plante miraculeuse, et en échange, il obtiendrait de quoi monter de niveau plus vite. C'était un bon deal, aucune raison qu'il refuse, après tout.

Ainsi, le lendemain, après une journée barbante de cours et des heures de devoirs, Yejun se connecta sur La Citadelle et reprit son voyage. Il n'imaginait pas que son binôme pourrait se trouver ailleurs qu'à Guèn, d'autant plus qu'il ne pensait pas qu'on pouvait naviguer entre les serveurs avec une telle facilité.

Il atteignit le port où se situait le portail après une petite heure de jeu. À intervalles réguliers, il était contraint d'utiliser une potion afin de régénérer la vie qu'il perdait, et cette situation risquait de finir par lui coûter cher si elle perdurait. Heureusement, il avait repéré un marchand de remèdes dans le village près de là – village qu'il ne fréquentait que très peu puisque très éloigné de Guigemar.

Le chevalier s'offrit un bon stock de potions et se décida enfin à suivre la flèche qui lui indiquait le portail vers le serveur de son joueur jumeau. L'écran de chargement se présenta à lui, affichant l'image de la citadelle du serveur sur lequel il arriverait. Elle ressemblait en tout point à celle des Hauts-Vents, à cela près qu'elle paraissait avoir été améliorée par les joueurs : chaque personnage pouvait apporter des ressources à la forteresse pour la faire évoluer et monter de niveau, leur permettant de récolter davantage de richesses chaque jour – bien que la somme reste modique. À Guèn, personne n'était très intéressé à l'idée de faire croître les resplendissantes tours des Hauts-Vents, alors qu'ici, chacun y mettait du sien afin de rendre la citadelle plus splendide encore.

Yejun passa en revue les statistiques de cet immense bâtiment, si bien que, perdu dans la contemplation de tous les trésors que rapportait une telle place forte à ses habitants, le jeune homme ne remarqua pas que sa barre de vie s'amenuisait. Quand son écran s'empourpra, signe qu'il devait à tout prix se soigner, il était trop tard : il n'avait pas eu le temps d'avaler un remède que déjà la mort l'avait emporté.

« Merde, » jura Yejun en regardant les options s'afficher :

– Attendre 2 heures et 59 minutes pour revenir à la vie (gratuit).

— *Utiliser une potion de vie (vous n'avez aucune potion dans votre inventaire).*

— *Payez 2 000 écus (vous serez envoyé dans la citadelle).*

Yejun choisissait toujours la troisième proposition : une potion de vie coûtait deux mille cinq cents écus et le seul avantage qu'elle offrait, c'était de se réveiller à l'endroit exact où l'avatar avait péri. Or, Yejun avait bien envie de découvrir un peu cette fameuse forteresse, d'autant plus qu'au vu de la direction pointée par la flèche, Whanwhan95 s'y trouvait aussi.

Il s'y matérialisa donc, et quand l'écran s'ouvrit sur la citadelle des Hauts-Plateaux, Junie était étendu sur un des nombreux lits de la salle de réincarnation, une grande pièce de pierre dans laquelle était placée une multitude de couches qui permettaient à ceux qui avaient choisi cette option de revenir dans la citadelle. Il fut accueilli par un prêtre qui portait le pseudo de Minho. Les prêtres étaient liés à la citadelle et, s'ils pouvaient combattre comme n'importe quelle classe, ils avaient en plus l'avantage de gérer la salle de réincarnation et de percevoir une partie de l'argent versé par les joueurs qui souhaitaient s'y réveiller.

Une icône indiqua à Yejun qu'on lui avait écrit.

Minho – Salut !

Minho – Tu peux répondre tu sais, c'est pas interdit…

Junie – Ouais…

Minho – Je t'avais jamais vu, pourtant vu ton niveau, t'es pas nouveau.

Junie – Je viens de Guèn.

Minho – Comment t'as fait pour te retrouver à Argurion, dans ce cas ?

Junie – Longue histoire, tu connais Whanwhan95 ?

Minho – Ah ouais, un brave danseur celui-là, je savais pas qu'une telle catégorie pouvait renfermer une si grande puissance, mais je le vois presque jamais… probablement parce que mourir, c'est pas dans ses habitudes.

Junie – Et tu sais où je peux le trouver ?

Minho – À cette heure, il est probablement hors ligne, mais je sais quand il a l'habitude de traîner sur son ordi, t'as qu'à revenir demain un peu plus tôt et je suis sûr que tu le trouveras facilement, son avatar passe pas inaperçu.

Junie – Ok, dans ce cas je vais pas m'éterniser, bye.

Il n'attendit même pas la réponse de Minho avant de se déconnecter. Ce prêtre aux cheveux de feu semblait sympathique, mais il ne devait plus oublier qu'il perdait de la vie – à part dans la salle de réincarnation, qui bénéficiait d'un sortilège qui empêchait quiconque y entrait d'être blessé. Mieux valait donc qu'il arrête de jouer tout de suite plutôt que de traîner sur le serveur d'Argurion et gaspiller de précieuses potions.

Yejun resta songeur quelques instants : il s'avérait très rare de trouver sur La Citadelle des joueurs ayant choisi la classe de danseur, car bien que leurs équipements comptent parmi les plus beaux, leurs statistiques de base se révélaient très mauvaises comparées à celles des autres catégories – les prêtres eux-mêmes possédaient une meilleure attaque qu'eux. En revanche, les danseurs étaient de talentueux tacticiens : leur agilité leur permettait de se déplacer plus vite que quiconque, leur habileté de ne jamais manquer un coup, et ils disposaient d'un grand éventail d'armes légères telles que les dagues ou les griffes, parfois même des armes inconnues de toutes les autres classes (mais des armes qui, dans ce cas, ne s'obtenaient qu'avec un niveau plus élevé). De même, un danseur détenait un large panel de sortilèges, or de très bonnes statistiques de magie étaient requises pour les maîtriser, sinon quoi ils avaient toutes les chances d'échouer.

En somme, il pouvait devenir un redoutable adversaire, mais seulement une fois un haut niveau atteint.

Décidément, ce fameux Whanwhan95 l'intriguait : jamais encore Yejun n'avait vu de danseurs dans les classements des meilleurs joueurs. Toutefois, il semblait que celui-ci possédait une rare puissance – l'amulette l'avait lui aussi beaucoup aidé – et Yejun s'impatientait de découvrir comment se débrouillait un danseur en combat, et plus simplement à quoi il ressemblait. Jamais il n'en avait croisé avec un niveau élevé, ses habits devaient être magnifiques, du moins il s'agissait là de ce à quoi il fallait s'attendre de la part d'un danseur.

Le garçon traîna sur son ordinateur le reste de la soirée, discuta quelques minutes avec Taeil et se coucha tôt pour une fois. Il avait eu peu de travail et puisqu'il ne pouvait pas jouer, il n'avait pas trouvé d'occupation plus intéressante. Pressé de rencontrer Whanwhan95, le mystérieux danseur qui le sauverait de sa malédiction, il s'endormit sans tarder.

~~~

Yejun alluma son ordinateur dès qu'il revint de cours, afin de s'assurer de rencontrer Whanwhan. Il se connecta en vitesse sur La Citadelle et Junie apparut, toujours dans la salle de réincarnation, à l'endroit exact où il avait suspendu son aventure.

Minho – Oh salut toi ! Si c'est lui que tu cherches, Whanwhan est pas encore connecté, mais je pense qu'il ne tardera plus.

Junie – Et toi, tu passes combien de temps sur ce jeu chaque jour ?

La veille, il se trouvait déjà là à neuf heures du soir, et aujourd'hui, à trois heures de l'après-midi, il était encore connecté.

Minho – J'avais simplement un prof absent et pas de boulot, alors me voilà. :3

Junie – Et tu sais quand il va arriver, le danseur ?

Minho – Pas la moindre idée, désolé.

Junie – Merde…

Minho – T'as qu'à aller te balader un peu, tu vas voir, Argurion, c'est trop beau. ^^

Junie – Non, ça m'intéresse pas.

Minho – Comme tu veux, moi je m'en vais dans ce cas, y a personne pour mourir en ce moment, mieux vaut que je me bouge les fesses si je veux gagner un peu d'argent.

Junie regarda l'autre s'éloigner et retourna s'asseoir sur le lit sur lequel il était arrivé. Il pensa alors à aller jeter un œil à la liste des joueurs ; Whanwhan95 y figurait, et juste à côté de son pseudo apparaissait un rond rouge qui indiquait qu'il était hors ligne. Yejun jura dans sa barbe mais ne quitta pas le jeu. Il resta sur la page qu'il actualisait de temps à autre dans l'espoir de voir cette pastille passer au vert.

En attendant, il inspecta la carte d'Argurion, se demandant où pouvaient bien se situer les grottes de Thanatos. Il en saurait sans doute plus une fois que Whanwhan aurait accepté de l'aider. Après tout, La Citadelle renfermait de nombreux secrets, et il fallait avouer que même si Yejun n'aimait pas beaucoup parler, l'idée de partir à l'aventure lui plaisait. Plus il y réfléchissait, plus être accompagné l'intéressait, d'autant plus que Whanwhan, du fait de son niveau, ne risquait pas d'être un boulet qu'il allait devoir traîner tout le long de son périple. Il paraissait assez renommé, surtout pour un danseur, et puis mieux valait entretenir de bonnes relations avec celui qui possédait une amulette identique à la sienne.

Yejun alla prendre un casse-croûte au rez-de-chaussée. Lorsqu'il s'assit de nouveau devant son écran, il ouvrit un livre, l'icône affichant toujours que Whanwhan95 était absent. Yejun songea – à raison – que ce joueur était né la même année que Taeil, 1995 (il voyait mal sinon ce que pouvait signifier le « 95 » qui suivait son pseudo), et c'était peut-être un garçon, puisque Minho avait mentionné l'avoir déjà croisé, et qu'il s'agissait d'un danseur.

Tout à ses pensées, il fallut plusieurs minutes à Yejun pour remarquer le changement de couleur de la pastille de Whanwhan, passée au vert. Lorsqu'il s'en aperçut, il bondit sur son clavier, cliquant aussitôt sur l'icône « tchat privé ».

Junie – J'ai besoin de te voir, on peut parler ?

La réponse ne tarda pas :

Whanwhan95 – Besoin de moi ? Ah je crois que je vois ce que tu veux dire. Oui bien sûr, mais comment je peux être sûr que tu veux pas essayer de m'affronter pour gagner de l'expérience ?

Effectivement, maintenant que Whanwhan était en ligne, Yejun pouvait ouvrir l'onglet de ses statistiques, et c'était impressionnant : partout il s'avérait presque aussi fort que lui, à part en agilité, en magie et en habileté, domaines dans lesquels il battait Junie à plate couture.

Junie – Retrouve-moi à la citadelle, à la salle de réincarnation.

Personne ne pouvait être blessé ici, on ne pouvait pas y utiliser ses armes. C'était souvent là donc que les joueurs se donnaient rendez-vous quand ils désiraient discuter en toute tranquillité. Whanwhan mit quelques dizaines de secondes à répondre. Junie reçut un message :

Whanwhan95 – Ok ça marche, je me téléporte, j'arrive tout de suite.

~~~

Un portail privé – que seuls ceux sachant utiliser la magie pouvaient créer – se forma dans la salle de réincarnation. Une silhouette s'y matérialisa et Junie s'approcha afin de découvrir à quoi ressemblait ce nouvel arrivant dont le pseudo s'afficha alors, indiquant qu'il s'agissait bien de Whanwhan95.

Ce fut comme une apparition : un jeune homme à la beauté époustouflante entra. Son visage arborait des traits si doux que Yejun se demanda s'il avait déjà vu pareil avatar. Ses yeux étaient clairs, perçants, ses cheveux étaient teintés d'un noir parfait quoique lumineux, coiffés de sorte à lui donner un air un peu rebelle, et le garçon avait décidé d'ajouter à son personnage une très légère touche de maquillage qui le rendait encore plus charmant. L'avatar, d'une taille moyenne, possédait un corps qui, bien que maigre, semblait musclé, et une peau à peine plus bronzée que celle de Junie.

Ses vêtements étaient d'une finesse qui dépassait l'entendement : Whanwhan portait autour du front un large et long bandeau d'un bleu nuit dont les pans retombaient dans son dos. Quant à son haut, sa simplicité n'empêchait pas une élégance à vous couper le souffle ; il était moulant, de la même couleur que son bandeau, et ne cachait ni ses bras ni son ventre. Par-dessus, il avait enfilé un boléro à la coupe similaire et au col recourbé ; cette coupe si particulière dévoilait les abdominaux parfaits de l'avatar. La veste sans manches était colorée d'un blanc crème, ornée d'arabesques dorées, et une pièce de métal reliait les deux pans de l'habit. Seules les épaules de Whan-whan étaient nues puisque ses avant-bras étaient recouverts d'un tissu d'un bleu nuit identique à celui de son bandeau. Ces manches se terminaient après son coude, avec de larges brassards dorés. En revanche, s'il portait deux autres brassards au niveau des poignets, le tissu quant à lui s'étendait jusqu'à ses paumes et une partie du dos de ses mains, laissant libres ses doigts auxquels il avait enfilé quelques anneaux de différents styles. Aux brassards de ses biceps étaient reliées deux bandes de soie bleu foncé mais dont le bord était brodé de fil d'or et comportait quelques motifs de cette jolie couleur. Elles voletaient à chacun de ses gestes.

Sa taille était soulignée par une épaisse ceinture de métal doré ornée de quelques graphiques similaires aux arabesques qui décoraient ses habits, et cette ceinture magnifique retenait un sarouel de coton blanc ainsi que trois larges bandes de tissu bleu nuit qui venaient compléter l'ensemble en tombant avec nonchalance devant les jambes du danseur. La ceinture du garçon maintenait aussi une étoffe de dentelle fine et bleu pâle couverte de sequins de métal gris éclatant qui reflétaient la lumière du portail. Son sarouel prenait fin au niveau de ses chevilles, elles-mêmes entourées des mêmes brassards que ses bras, terminant d'une superbe façon son vêtement. Aux pieds, il avait chaussé de simples pantoufles de danseur de cuir bleu sombre.

Enfin, le jeune homme était équipé d'une paire d'armes que jamais Junie n'avait croisées jusqu'à présent : il s'agissait d'un large anneau de métal doré duquel dépassaient plusieurs pointes tranchantes comme des rasoirs, formant ce qui ressemblait à un soleil. Il en possédait deux et lorsqu'il entra dans la salle de réincarnation, il les fit virevolter avec habileté avant de les accrocher à deux petits crochets sur les côtés de sa ceinture, une à gauche et une à droite, afin d'y accéder plus aisément en cas de combat. À chacun de ses mouvements, on entendait le bruit des sequins qui s'entrechoquaient, produisant une mélodie envoûtante. Quand il marchait, le rythme de ses pas résonnait dans la pièce, alors que Junie restait muet face à la grâce féline de sa démarche. Le joueur s'approcha de lui et s'immobilisa, tandis que le tchat que Yejun avait laissé ouvert indiqua que l'autre allait prendre la parole.

Whanwhan95 – Salut, Junie.

Junie – Salut.

Whanwhan95 – Tu disais que t'avais besoin de moi ? C'est en rapport avec l'amulette, n'est-ce pas ?

Aussitôt, l'icône des quêtes clignota, et Yejun cliqua dessus afin de découvrir ses différents objectifs :

1) Rencontrer le joueur à l'amulette jumelle – Réussi.

2) Obtenir sa confiance – En cours…

Obtenir sa confiance ? Aïe, ça allait s'avérer compliqué : si quelque chose rendait La Citadelle spéciale, c'était bien cette fonctionnalité. Elle était pensée pour les gens qui jouaient ensemble à ce MMO, ça leur permettait de ne pas se toucher en combat, autrement dit ça empêchait à tout jamais – car une fois donnée elle ne pouvait être annulée – deux joueurs de s'affronter, en revanche la fonctionnalité se révélait utile lorsque deux amis désiraient allier leurs forces contre un ennemi, ce qui attendait Junie et Whanwhan. De même, accorder sa confiance à quelqu'un permettait de le localiser sur la carte et le rejoindre dans les options grâce à un portail spécifique, quelle que soit la distance qui les séparait, même s'ils ne savaient pas manier la magie.

Ainsi, obtenir ce précieux sésame avait un prix, bien sûr, et un prix élevé : cent mille écus, une somme importante pour un nouveau venu mais dérisoire pour des joueurs aussi expérimentés que Junie ou Whanwhan, pour qui l'argent ne représentait aucun problème. Yejun soupira en écrivant sa réponse au danseur :

Junie – Ouaip, faut que tu me donnes ta confiance.

Whanwhan95 – Haha, donc c'est bien ce que je me disais, tu t'es pris un sortilège ?

Junie – Comment tu le sais ?

Whanwhan95 – J'ai eu un cousin à qui ça a fait la même chose, et puisque son jumeau n'était plus actif sur le jeu, il l'a jamais trouvé. Après avoir un peu continué de jouer malgré le handicap que représente cette situation, il a finalement arrêté lui aussi.

Junie – Les crétins qui ont eu cette idée sont pas très doués en marketing…

Whanwhan95 – Oui mais très peu de mages maîtrisent ce sort, et puis je trouve ça sympa de réunir les joueurs : les deux meilleurs du jeu sont en binôme, depuis qu'ils se sont rencontrés ils combattent ensemble. On les dit invincibles. *.*

Junie – Alors tu vas m'aider ?

Whanwhan95 – J'y réfléchis…

Junie – Allez sois sympa, je suis sûr que 100 000 écus, c'est pas des masses pour toi.

Whanwhan95 – Il est vrai…

Junie – Alors ?

Whanwhan95 – Je réfléchis encore… Je connais un peu le genre d'objectifs qu'on va avoir à remplir, c'est une sacrée quête quand même, ça va nous prendre du temps. J'hésite.

Junie – Ah ouais je vois, t'es plutôt du genre occupé ?

Whanwhan95 – Ouais pas mal, je peux pas passer plus d'une petite demi-heure chaque jour, ça risque d'être vraiment long pour réussir à vaincre ce fameux Thanatos. Y a pas une autre solution pour contrer ce maléfice ?

Junie – J'ai essayé d'en trouver une, mais non, y en a pas. La malédiction est de moins en moins grave avec le temps, genre la vie baisse moins vite de jour en jour, mais ça continue de baisser quand même, quoi…

Whanwhan95 – Ah je vois…

Yejun n'en voulait pas à son binôme, lui aussi s'était renseigné, et en effet, il y avait beaucoup d'objectifs à remplir avant de triompher de Thanatos, notamment parce que les grottes renfermaient une étonnante multiplicité de sous-sols qu'il fallait franchir. Alors oui, ça allait prendre du temps, et vu le nombre d'ennemis qu'ils affronteraient, mieux valait qu'ils échangent leur confiance. Whanwhan avait l'air de quelqu'un d'assez mature pour refuser une quête sous prétexte qu'elle risquait d'être longue, privilégiant son travail à ses jeux. Or, cette fois, ça impliquait de le laisser, lui, le chevalier Junie, dans la merde, pour ainsi dire.

Junie – S'il te plaît…

Whanwhan95 – Oh c'est trop mignon. :3 Bon d'accord, je vais y songer plus sérieusement, mais je peux toujours rien te garantir quand même, j'ai un emploi du temps chargé moi, je suis super demandé. :P

Junie – Mais ouais, bien sûr petit, fais-moi croire qu'à ton âge on a vraiment des trucs importants à faire.

Whanwhan95 – Bien sûr, je suis pas un de ces lycéens asociaux accros à leurs jeux vidéo, moi. ;)

Junie – Tu vas finir par me vexer… :'(

Whanwhan95 – Trop chou…. hyung ?

Junie – T'es né en 95 ?

Whanwhan95 – Ouais.

Junie – Alors ce sera hyung pour toi, t'avises pas de me manquer de respect. :P

Whanwhan95 – Bon, j'essaierai. Par contre je dois m'en aller, je te redis si je peux faire la quête ou non. On se revoit demain à la même heure, bye !

Junie – Attends !

Whanwhan95 – ???

Junie – Faut que tu m'aides, je t'en prie, je peux pas terminer cette quête seul, j'ai besoin de toi.

Whanwhan95 – Et moi j'aurai quoi en échange ?

Junie – J'ai une tonne d'items en double qui pourraient t'intéresser…

Whanwhan95 – Eh non, malheureusement ils ne m'intéressent pas.

Junie – J'ai aussi des armes et des armures… ?

Whanwhan95 – Non plus.

Junie – Bah alors dis, qu'est-ce que tu voudrais ?

Whanwhan95 – Tu veux bien être mon ami ?

Yejun en fut déconcerté… devenir son ami ? Il lui avait demandé ça de façon tout à fait naturelle, sans imaginer que la question pouvait paraître étrange. Néanmoins, se figurer un garçon à peine plus jeune lui proposer une telle chose l'attendrit, et après tout, ils allaient devoir collaborer pendant des semaines, voire des mois. Autant rester en bons termes, non ? C'était ce qui renforçait une équipe.

D'ailleurs, quiconque aimait La Citadelle pouvait se rapprocher de Yejun, ce jeu si parfait à ses yeux lui apportait la sensation qu'il en apprécierait tous les joueurs – tous sauf CK. S'il comptait peu d'amis une fois son écran éteint, c'était parce qu'il passait tout son temps sur ordinateur, et même s'il préférait la solitude, il s'accorderait une exception pour une fois. Il n'hésita pas avant de répondre.

Junie – Bah ouais bien sûr. Mais tu veux rien de plus ?

Whanwhan95 – J'ai pas beaucoup d'amis… en fait, pour être honnête, t'es le seul.

Junie – Ça cache quelque chose, ça. T'es un tueur psychopathe qui va tracer mon adresse IP, me retrouver et me démembrer ?

Whanwhan95 – Hyung, c'est affreux ! Tu vas me donner envie de vomir… -_-

Junie – Désolé, Whanwhan.

Whanwhan95 – Appelle-moi Jihwan, y a que ma mère pour me donner ce surnom idiot. X)

Junie – Ok Jihwan. Alors, on la commence quand, cette quête ?

Yejun avait bien compris que son interlocuteur ne souhaitait pas parler de la raison pour laquelle il était si peu entouré. Il devait avouer qu'il se sentait souvent un peu peiné par ceux que les autres rejetaient ou qui s'avéraient trop timides pour aller se faire des amis dans le monde réel.

Whanwhan95 – Pour aujourd'hui, je peux juste t'accorder ma confiance, je suis désolé mais je vais devoir me déconnecter. En revanche, comme je te l'ai dit, on pourra se revoir demain à la même heure pour commencer tout ça. ^^

Junie – Ok, à demain dans ce cas.

Whanwhan95 – À demain, hyung ! ♥

Yejun fut touché par cette marque d'affection du plus jeune, et peu après, un message s'afficha sur son écran : Jihwan venait de lui demander s'il pouvait lui faire confiance.

– Accepter la confiance (coût : 100 000 écus).
– Refuser la confiance (gratuit).

Il ouvrit de nouveau le tchat pour remercier Jihwan d'avoir dépensé une telle somme, toutefois son cadet s'était déjà déconnecté. Décidément, Jihwan ne semblait pas du genre à perdre son temps…

Toute la journée du lendemain, Yejun l'avait passée à penser à celui qui se cachait sous l'identité de Whanwhan95. Son avatar était imprimé dans son esprit – alors qu'il ne l'avait vu que quelques minutes – au point qu'il en venait à se demander à quoi il pouvait bien ressembler en vrai. Il ne s'avérait pas curieux de nature, surtout pas au sujet des autres, mais il fallait admettre que ce petit détail l'intriguait.

À la même heure que la veille, Jihwan s'était connecté et les deux s'étaient retrouvés dans la salle de réincarnation.

Junie – Salut !

Whanwhan95 – Salut, hyung !

Junie – T'es pas obligé de m'appeler comme ça, tu sais… -_-

Whanwhan95 – Je sais, mais j'aime bien. ^^

Junie – Bon peu importe, on part à l'aventure ?

Whanwhan95 – Avec plaisir !

Junie – On a combien de temps avant que t'aies à te déconnecter ?

Whanwhan95 – Probablement environ une demi-heure.

Junie – On aura au moins le temps de sortir de la ville en une demi-heure ? -_-

Whanwhan95 – Euh… peut-être pas…

Junie – Alors dépêchons dans ce cas.

Le chevalier quitta le premier la salle de réincarnation, suivi du danseur dont la démarche se révélait décidément très particulière, aussi envoûtante que les sorts qu'il lançait.

Whanwhan95 – Dis, je sais que je dois t'appeler « hyung », mais en vrai t'as quel âge ? T'es pas un vieux pervers qui vient chasser les jeunes garçons sur les jeux en ligne, au moins ? ToT

Junie – Mon dieu, mais quel idiot… Du calme, petit, j'ai que deux ans de plus que toi.

Whanwhan95 – Ouf tu me rassures ! ^^ Mais du coup, m'appelle pas « petit ».

Junie – Bon ok… petit.

Whanwhan95 – -_- Tu me désespères, hyung.

Les deux nouveaux amis franchirent la porte de la citadelle des Hauts-Plateaux et Junie découvrit devant lui l'immense paysage d'Argurion, majestueux. Le soleil brillait, le ciel était dégagé, et le vert de la nature dominait le gris des pierres de la capitale de ce serveur.

Junie – Allez Jihwan, l'aventure commence. :)

Le chevalier retrouva son cheval aux écuries de la citadelle. Il l'attendait en broutant le foin qui se trouvait devant lui. Sa robe alezane propre, il était déjà scellé, prêt à partir.

Junie – T'as un cheval ?

Whanwhan95 – Hyung, les danseurs peuvent pas en avoir… :'(

Junie – Ah merde… Tu peux pas monter sur le mien ?

Whanwhan95 – J'ai jamais essayé de monter avec quelqu'un avant, je vais voir.

Whanwhan s'approcha de Junie, installé sur son fidèle destrier qu'il avait décidé de nommer Cheval (il n'était jamais très inspiré pour les noms), et s'immobilisa quelques instants avant qu'une animation ne se déclenche, montrant le danseur qui grimpait sur la monture, s'accrochant ensuite au garçon devant lui.

Yejun sourit devant cette petite silhouette toute menue qui se tenait à son puissant avatar. Aussitôt, Junie abattit les rênes, poussant Cheval à partir au galop dans un hennissement caractéristique. Cet étalon, Junie l'avait acquis peu après le début de son aventure. Il aurait pu choisir un phœnix ou toute autre créature magique, mais il avait trouvé l'animal si beau qu'il l'avait choisi, lui.

Whanwhan95 – Ah Junie c'est trop cool ! J'adore ton cheval !

Junie – Ouais je sais, il est top, je l'ai payé une blinde mais je regrette pas. ^^

Whanwhan95 – J'adorerais trop pouvoir en avoir un !

Junie – Tu ne veux pas changer de classe ? Danseur, c'est pas fréquent.

Whanwhan95 – J'aime ce que je suis, j'ai des techniques que j'aurais jamais soupçonnées quand j'ai sélectionné cette classe au début et j'adore mon avatar, j'le trouve trop sexe avec cette tenue.

Junie – … Omg j'étais pas prêt… X)

Whanwhan95 – Comment ça ?

Junie – Hier tu me demandes tout innocemment d'être ton ami, et là tu me sors que tu te trouves « trop sexe ».

Whanwhan95 – Bah quoi ? J'ai pas deux ans non plus, hyung, faut pas s'étonner… XD

Junie – Moi qui te croyais si pur, en deux jours ça a été l'ascenseur émotionnel…

Whanwhan95 – Tu veux que je fasse l'enfant pur ?

Junie – Ciel non, ce serait encore pire.

Whanwhan95 – Ça risquerait de t'exciter ? ;)

Junie – Mais quel pervers ce jeune homme, je vous jure… -_- En plus ce smiley est pas du tout bizarre dans ce contexte, tout va bien.

Whanwhan95 – Avoue tu tombes sous mon charme. ;) ;) ;) ;) ;)

Junie – Toi c'est de mon cheval que tu risques de tomber si tu continues de me draguer, petit.

Whanwhan95 – Je suis pas petit ! :'(

La conversation se mit à tourner en rond tandis que Junie et Whanwhan fendaient la forêt, tentant autant que possible d'esquiver les ennemis afin d'arriver plus vite. En effet, une fois sortis de la ville, peu de temps avant, une partie de la carte du monde s'était remplie, dévoilant l'emplacement secret de la grotte de Thanatos, à l'autre bout du serveur. Il leur faudrait au moins deux heures de jeu pour y parvenir, heureusement le chemin était parsemé d'une succession de petits villages qui permettaient à Yejun de se réapprovisionner en potions pour la route. Par chance, du fait de sa richesse, l'investissement demeurait modique par rapport à tout ce qu'il avait gagné jusque-là.

Ils descendirent à plusieurs reprises du brave destrier de Junie afin de combattre, mais les créatures s'avérèrent si faciles à pourfendre que le chevalier en fut déçu : les assauts de Jihwan restaient simples, pas besoin d'utiliser ses meilleures techniques. Dommage, Yejun aurait bien voulu voir Whanwhan en action. Mais il fallait avouer que même lors de coups de base, l'avatar se mouvait avec une élégance à couper le souffle, car il semblait danser plus que batailler, effectuant une attaque circulaire pour toucher tous les ennemis à la fois.

Ils ne jouaient pas depuis une demi-heure que Whanwhan se manifesta de nouveau dans le tchat.

Whanwhan95 – Hyung, je suis désolé je dois y aller, on se revoit demain à la même heure ?

Junie – Oui bien sûr, petit. ^^

Whanwhan95 – C'est décidé, je ne t'aime plus. -_-

Junie – C'est con, parce que moi je t'aime bien. :)

Whanwhan95 – Oh, c'est vrai ?

Junie – Pas totalement… On se connaît à peine, après tout…

Whanwhan95 – Oui t'as raison, moi aussi je t'aime bien pour quelqu'un que je connais presque pas. Bon, alors à demain, même heure !

Junie – À demain.

Mais son dernier message ne fut pas envoyé, Jihwan s'était déconnecté. Il était bien pressé, ce petit…

~~~

Une fois le weekend arrivé, Yejun avait décidé de travailler un peu. Il comptait revoir quelques leçons puisqu'il ne les comprenait pas très bien. Il aurait bien aimé passer son temps sur La Citadelle, mais parce que Jihwan ne s'y trouvait pas, ça paraissait tout de suite moins intéressant : il n'allait quand même pas jouer seul en veillant à ne pas trop s'éloigner de là où Whanwhan et lui s'étaient séparés le jour précédent – il avait besoin de lui en cas d'attaque, pour perdre le moins de vie possible. Et puis comment s'occuperait-il ? Combattre des ennemis faciles à tuer pour gagner à peine quelques pièces, ça n'en valait pas la peine, il dépenserait plus en potions. Il ne se sentait pas encore à ce point accro à ce jeu.

En milieu d'après-midi, Jihwan se connecta, à l'heure habituelle. Junie l'invita à chevaucher avec lui afin de reprendre la traversée des terres d'Argurion, et Whanwhan n'attendit pas une seconde pour grimper sur l'étalon à son tour, toujours aussi joyeux de réussir à accomplir cet exploit. En vérité, La Citadelle comptait un nombre considérable d'options pour ceux qui jouaient à plusieurs et avaient échangé leur confiance, telles que des coups spéciaux et des actions que certaines classes ne pouvaient effectuer qu'avec un ami d'une classe spécifique. Et les danseurs ne savaient monter que s'ils étaient liés à un elfe ou un chevalier. Yejun n'avait jamais vraiment prêté attention à ça, mais maintenant qu'il découvrait toutes ces possibilités, il trouvait le MMO encore meilleur que ce qu'il croyait.

Whanwhan95 – T'as pas l'air habitué à jouer avec d'autres personnes, t'as des amis sur le jeu ? Genre des gens desquels tu partages déjà la confiance ?

Junie – Non, t'es le premier. Je préfère jouer seul en général.

Whanwhan95 – Alors je t'ai dépucelé de la confiance ? ^.^

Junie – T'as vraiment un problème, toi… -_-

Whanwhan95 – Et toi t'as pas d'humour, hyung. X)

Junie – Je connais un mec qui a pas d'humour. Si tu savais comme ses blagues font pitié.

Whanwhan95 – Ah ouais ? Du genre ?

Junie – Du genre le seul mec de moins de vingt ans qui fasse encore les blagues qui commencent par « toc toc »… Mais je peux rien lui dire, il est plus vieux, et chaque fois il utilise cette excuse pour nous forcer à rire à ses vannes, mes potes et moi.

Whanwhan95 – Tu m'as tué. X'D Sérieux, ça existe encore ce genre de blagues ?

Junie – Chez les moins de 60 ans, ça devrait être interdit.

Whanwhan95 – Oh mais du coup, ça veut dire que t'as beau faire le solitaire dans le jeu, en vrai t'as des potes ?

Junie – Bah ouais, pas beaucoup, mais ils sont sympas, c'est tout ce qui importe.

Whanwhan95 – Oh c'est cool. ^^

Yejun se rappelait bien que Jihwan lui avait affirmé ne pas avoir d'amis – du moins à part lui –, et il se demanda comment un garçon aussi avenant que celui avec lequel il discutait pouvait bien ne pas réussir à nouer la moindre amitié.

Le voyage se poursuivit et fut entrecoupé de quelques combats. Au terme de la demi-heure habituelle qu'ils passaient ensemble, Yejun s'apprêtait à saluer Jihwan quand celui-ci le devança.

Whanwhan95 – Hyung, j'ai pas envie d'arrêter de jouer...

Junie – Bah continuons, dans ce cas...

Whanwhan95 – Oui mais je ne peux pas, en fait ma mère est toujours sur mon dos, elle surveille constamment ce que je fais pour s'assurer que je travaille... C'est elle qui ne veut pas que j'aie d'amis de peur qu'ils me détournent de mes études. Je ne peux voir que mon père, elle et mon cousin, et elle est même pas au courant que je suis inscrit sur ce jeu. Je veux même pas savoir ce qu'elle serait capable de faire si elle le découvrait.

Junie – Et qu'est-ce qu'elle fait tous les jours à cette heure-là pour que tu puisses jouer ?

Whanwhan95 – Les courses. Là, elle ne va probablement plus tarder de rentrer.

Junie – C'est cruel de sa part de te priver de tout divertissement et même d'amitié, tout ça pour que tu ne puisses rien faire d'autre que travailler.

Whanwhan95 – C'est rien, j'y suis habitué, à ça, mais... Mais je veux passer plus de temps avec toi, et puis on est samedi après tout. Tu pourrais te connecter vers une heure du matin ? Ma mère s'endort un peu avant minuit, on aura tout le temps qu'on voudra pour avancer dans notre quête.

Junie – T'es sûr de toi ? Tu seras pas fatigué ?

Whanwhan95 – On s'en fout, demain c'est dimanche. :)

Junie – Bon, dans ce cas ça marche. ^^

Whanwhan95 – Cool ! Je vais te laisser, elle va pas tarder, à tout à l'heure hyung ! ♥

Junie – À toute, petit. :P

Whanwhan95 – Relou…

~~~

Yejun s'était impatienté toute la soirée, il avait même fini par raconter à Taeil tout ce qui lui était arrivé – non pour le tenir au courant, mais pour passer le temps. Taeil s'était étonné d'apprendre que son ami, pourtant réservé, avait trouvé quelqu'un avec qui il s'entendait bien sur le jeu, bien qu'il ait été contraint de se rapprocher de lui. Bien sûr, il ne lui en avait pas dit plus, surtout pas au sujet des problèmes entre Jihwan et sa mère.

Pour la première fois depuis des années, Yejun s'était abruti devant la télévision en attendant que la journée s'écoule plus vite.

Une fois la nuit venue, il se coucha puis programma son réveil pour une heure du matin. Son réveil sonnerait le weekend… décidément, La Citadelle l'obsédait, ça en devenait effrayant. Lui qui se complaisait dans le calme d'une matinée dominicale, lui qui aimait fermer les yeux et se contenter de profiter du silence, il allait se lever en pleine nuit pour passer du temps avec un quasi-inconnu sur un MMO. À peine deux jours et déjà il ne se reconnaissait plus…

Lorsqu'il se connecta, Whanwhan l'attendait en battant quelques ennemis aux alentours.

Whanwhan95 – Salut, hyung !

Junie – Salut.

Whanwhan95 – Quoi de neuf ?

Junie – Je suis réveillé à 1h du mat' un dimanche matin… Crois-moi ça c'est neuf pour moi. X)

Whanwhan95 – Ah désolé, mais j'ai pas trouvé mieux si on voulait jouer plus d'une demi-heure.

Junie – Aucun problème, ça me va, c'est rien. Et toi, quoi de neuf ?

Junie tendit la main au danseur qui la prit et monta avec grâce sur le cheval. Ils filèrent au galop, les grottes se rapprochaient.

Whanwhan95 – J'ai vu mon cousin aujourd'hui, tranquille quoi.

Junie – Oh, cool, il joue aussi ?

Whanwhan95 – Non, c'est pas trop son truc les jeux vidéo, surtout depuis qu'il a plus ou moins été contraint d'arrêter La Citadelle, comme je te l'ai déjà raconté. X)

Junie – Ah je vois… Et il s'appelle comment ?

Whanwhan95 – Euijin, à ce qu'il paraît on se ressemble pas mal, parfois on nous croit frères voire jumeaux, alors on en profite pour faire les cons. XD

Junie – Ça ne m'étonne pas de toi, en plus d'être un petit pervers, t'es un gamin fourbe. -_-

Whanwhan95 – Je suis ni petit, ni pervers, ni fourbe, et je suis pas un gamin.

Junie – T'es sûr ?

Whanwhan95 – Bon, IL SE POURRAIT que je sois légèrement pervers sur les bords, mais c'est pas facile de l'admettre, hyung… :3

Junie – C'est courageux de le reconnaître.

Whanwhan95 – Et toi, t'es quoi ? Tu peux parler de toi ?

Ils coupèrent court à leur discussion quand un ennemi fonça sur eux tête baissée, et le monstre fut vite terrassé tandis que le binôme reprenait sa route. Yejun espérait continuer la conversation qu'il avait entreprise avec cet enfant insolent et pervers – il fallait avouer qu'il le trouvait plutôt drôle, il ne manquait pas de répartie, pour un petit.

Junie – En un mot : je suis pafrait.

Whanwhan95 – Mdr la meilleure erreur de frappe que tu puisses faire !

Whanwhan95 – Si t'es pas frais, ça veut dire que t'es chaud… ? ;D

Junie – Boucle-la.

Whanwhan95 – T'es tellement pas crédible mdr !

Junie – Arrête de te marrer, c'est pas drôle.

Whanwhan95 – Tu parles, c'est toi qui as pas d'humour, moi je suis trop drôle !

Junie – C'est marrant ça, mon pote dit la même chose. Ça doit être une réplique que vous partagez, vous les gens pas drôles.

Whanwhan95 – Mais Junie… :'(D'ailleurs, je t'appelle hyung ou Junie, mais je connais même pas ton vrai prénom, c'est quoi ?

Junie – Yejun.

Whanwhan95 – Oh…

Junie – Qu'est-ce qu'il y a ?

Whanwhan95 – Oh rien, rien, t'apprécierais pas de savoir, de toute façon.

Junie – De savoir quoi ?

Whanwhan95 – Non mais rien…

Junie – Allez, dis…

Whanwhan95 – T'es vraiment sûr ?

Junie – Mais oui !

Whanwhan95 – Tu vas pas me détester après ?

Junie – Mais bien sûr que non, pourquoi ?

Whanwhan95 – PARCE QUE CE PUTAIN DE PRÉNOM EST ENCORE PLUS MIGNON QUE TON PSEUDO ! *.*

Junie – …

Whanwhan95 – Je t'avais dit que t'apprécierais pas…

Junie – …

Whanwhan95 – C'est bon, arrête avec tes points de suspension, c'est toi qu'as insisté pour savoir. -_-

Junie – …

Whanwhan95 – …

Junie – …

Whanwhan95 – … (je peux jouer à ça longtemps, tu sais ? De toute façon, c'est pas moi qui suis en train de perdre de la vie à cause d'un maléfice ^3^)

Junie – T'es con toi, c'est pas possible. -_-

Et pourtant, Yejun affichait un immense sourire stupide. Quand il avait vu le message de Jihwan, quelques minutes plus tôt, il avait même gloussé. Lui… Yejun… il avait gloussé. C'était d'un pathétique affligeant, néanmoins il fallait l'admettre : il s'attachait très vite à ce jeune homme. Jihwan l'attendrissait, et son aîné éprouvait la sensation de n'avoir rien à lui cacher, sans doute parce que celle d'être jugé s'amoindrissait lorsqu'il s'agissait d'un inconnu.

Whanwhan95 – Eh, Yejun…

Les deux compagnons venaient d'arriver au dernier village avant les grottes, Junie s'occupait de sa réserve de potions pour la route et les donjons qu'ils traverseraient.

Junie – Oui ?

Whanwhan95 – J'ai une question, c'est capital pour moi…

Junie – Je la sens très mal, cette affaire. Vas-y, pose ta question…

Whanwhan95 – Dis, hyung… Je peux t'appeler Nini ? ^^

Junie – *Va se mettre en position fœtale dans un recoin sombre de sa chambre* J'en peux plus de toi, sérieux…

Whanwhan95 – L'important, c'est que moi, j'en puisse encore de moi.

Junie – Ravi de l'apprendre, petit.

Whanwhan95 – Non, pas ce surnom… :'(

Junie – Microbe ? Le nain ? L'enfant ? Gamin ? Tu préfères quoi ? ^.^

Whanwhan95 – Bébé.

Junie – O.O

Whanwhan95 – Bah tant qu'à faire, va jusqu'au bout de ton idée et appelle-moi comme ça. ;)

Junie – Non mais c'est bon, oublie, je te présente toutes mes excuses… -_-

Whanwhan95 – Excuses acceptées, hyung ! ^^

Deux heures du matin venaient de sonner, Yejun avait sommeil, mais la lumière vive de son écran ainsi que les conversations qu'il entretenait avec Jihwan ne lui permettaient pas de s'en apercevoir, obnubilé qu'il était par le jeu… et par celui avec qui il jouait, même si ça, il ne s'en apercevait pas non plus. Il attribuait à son désir de revoir Whanwhan la simple envie de jouer et de se soigner de son sortilège.

Après encore une demi-heure, les deux amis parvinrent aux grottes de Thanatos. La forêt verdoyante avait laissé place à un sol de terre et de roche, le ciel bleu s'était couvert de nuages à travers lesquels le soleil ne trouvait pas le moyen de passer, et l'atmosphère du lieu se révélait pesante, sinistre. Quelque chose rendait cet endroit lugubre. La mort semblait omniprésente, partie intégrante du paysage, presque comme si elle se tenait là, quelque part, en train de les surveiller de ses yeux sombres et sans âme. Whanwhan s'avança vers les immenses portes de pierres qui barraient l'entrée de la grotte et il s'immobilisa.

Whanwhan95 – Nini, j'ai besoin de toi.

Junie – Pitié, appelle-moi hyung…

Whanwhan95 – Hyung, j'ai besoin de toi, viens voir.

Peu confiant, Junie esquissa quelques pas vers le danseur qui n'avait pas bougé. Une fois arrivé à la hauteur de Whanwhan, il remarqua ce dont voulait lui parler le jeune homme. La porte de la caverne semblait indestructible, haute d'une demi-douzaine de mètres – autant que la grotte, en somme – et probablement large de trois mètres. Elle était brute, taillée dans un gigantesque bloc de pierre noire, une pierre incassable, froide et terne, une pierre qui symbolisait la mort et qui prouvait que quiconque osait franchir cette porte s'apprêtait à affronter un terrible danger et s'élançait vers sa fin.

Whanwhan tira son amulette de son vêtement et la dénoua, elle qui se trouvait autour de son cou, puis il s'avança et planta le bijou dans la porte, là où un creux était sculpté pour l'accueillir, respectant à la perfection la forme du talisman.

Whanwhan95 – À toi, hyung…

Ça expliquait pourquoi il avait dû trouver Whanwhan : la porte ne s'ouvrait qu'à condition que le joueur avec lequel il était jumelé utilise lui aussi son amulette, puisque les deux réunies formaient la clé des grottes dans lesquelles se cachait le remède au mal de Junie.

Ce dernier rejoignit le danseur et, comme le jeu le lui conseillait, il pressa la barre d'espace, enclenchant alors la même cinématique que Jihwan auparavant.

De façon solennelle, il planta sa médaille dans la porte à son tour.

Tout à coup, tout bougea, trembla, tressauta. La terre sous leurs pieds vibra et des bruits infernaux s'échappèrent de l'intérieur de la caverne, semblables à des râles. Aucun des deux protagonistes ne recula, ils restèrent fascinés par tout ce qui se passait. Un craquement retentissant déchira le silence de l'endroit désert et aussitôt, une large fissure se forma et courut le long de la porte inviolable. La roche rugit au point que Yejun dut baisser le son de son ordinateur de peur que ses écouteurs ne finissent par le rendre sourd avec tout ce boucan. Enfin, les deux combattants virent l'accès se libérer, la porte s'effondrant tout à coup en un amas de pierres. La grotte ressemblait à une bouche béante et sombre, prête à les avaler. L'inconnu les attendait, froid et terne, entrer revenait à se jeter dans la gueule de Thanatos. Whanwhan se tourna finalement vers Junie.

Whanwhan95 – Bon, on y va ? ^^

Junie – Je te trouve bien pressé, dis-moi…

Whanwhan95 – J'ai hâte de découvrir tout ce qui se trouve là-dedans, tout simplement !

Junie – Dans ce cas j'arrive, mais attends deux secondes…

Le chevalier récupéra son amulette, se baissa et mit la main sur quelques-unes des roches à ses pieds, vestiges de l'ancienne porte. Whanwhan décida de l'imiter : ces pierres valaient sans doute une fortune, et ils pourraient les utiliser pour un peu d'alchimie.

Avec de la chance, le danseur réussirait à se confectionner une tenue encore plus élégante que celle qu'il possédait déjà, et il s'imaginait bien avec un costume bleu et noir, plus menaçant que le sien mais tout aussi charmant.

Junie – Sérieux je commence à fatiguer, il est bientôt deux heures et demie du mat'… -_-

Whanwhan95 – Oh, Nini aurait-il peur de s'aventurer dans la grotte ?

Junie – Je suis fatigué ça veut dire que je suis fatigué, c'est tout, gamin.

Whanwhan95 – Mais… pas cool. :(

Junie – Pff, t'as de la chance que je t'aime bien. Allez, on va essayer de terminer au moins le premier donjon.

Whanwhan95 – Y en a combien ?

Junie – D'après mon menu de quêtes, y en a dix…

Whanwhan95 – Ça va nous en bouffer, du temps…

Junie – Je confirme, mais bon, faut bien ça si je veux retrouver la santé.

Whanwhan approuva et les deux s'engagèrent dans la grotte. L'ambiance devint encore plus sombre qu'à l'extérieur, et leur seul bruit de fond était celui de gouttes d'eau qui s'écrasaient inlassablement sur le sol froid de la caverne, produisant un « ploc » dont l'écho chantait de manière sinistre aux oreilles des deux amis. Une brise surnaturelle mugissait, le vent s'engouffrait ici sans savoir comment en ressortir. L'endroit camouflait un véritable labyrinthe. Heureusement, dans ce cas, une fois le boss battu, les joueurs pouvaient choisir de retourner automatiquement à la salle de réincarnation.

Ils marchaient d'un pas lent, convaincus à chaque mouvement de tomber dans un piège que de malveillantes créatures leur auraient tendu. D'ailleurs, ça ne se fit pas attendre, car après à peine une minute, le sol se déroba sous leurs pieds. Les deux combattants atterrirent plusieurs mètres plus bas, dans un lieu plongé dans une pénombre totale. Si Junie avait appris une chose en jouant à La Citadelle, c'était bien qu'il existait un nombre ahurissant d'obstacles de ce genre dans les grottes, et chaque obstacle ne se déclenchait que lorsque le ou les joueurs pouvaient le franchir, autrement dit l'un d'eux au moins possédait la technique pour éclairer l'endroit.

Ils n'eurent pas même à se concerter, car alors que Junie s'apprêtait à informer son ami que c'était à lui d'agir, une animation que le danseur avait lancée en jetant un de ses sorts fit apparaître Whanwhan au centre de l'écran, esquissant quelques pas de danse magnifiques tout en agitant de façon enchanteresse ses deux armes qui s'illuminèrent soudain. Junie venait tout juste de découvrir une des techniques spéciales de Whanwhan, et voir son avatar effectuer de si gracieux mouvements lui donnait de plus en plus envie de savoir à quoi ressemblait le jeune homme qui se cachait derrière.

La carte se modifia alors, indiquant qu'ils se trouvaient au premier sous-sol de la grotte sur les dix qu'il fallait traverser avant de rencontrer Thanatos. Elle se dévoilait peu à peu au fil de leurs pas, et ils ignoraient où se diriger. Ils devaient repérer les marches qui les mèneraient au sous-sol suivant, et ainsi de suite jusqu'au dixième. Puisque la carte ne se complétait qu'au fur et à mesure de leurs déplacements, ça ne leur permettait pas de savoir où se situait l'escalier tant qu'ils ne l'avaient pas aperçu. Néanmoins, l'endroit débordait de couloirs qui s'entremêlaient, une chance que la carte montre les chemins qu'ils avaient déjà empruntés, sinon quoi ils tourneraient un bon moment en rond.

Junie – Je sens qu'on va y passer du temps…

Whanwhan95 – Vois le côté positif, t'es avec moi. ;)

Junie – Et t'appelles ça un côté positif ?

Whanwhan95 – Pourquoi, t'appelles ça comment, toi ?

Junie – Une seconde malédiction. -_-

Whanwhan95 – Loooooooool, quel humour…

Junie – Je sais, on me le dit souvent. ^^

Whanwhan95 – Je suis sûr que c'est ce que disent les filles chaque fois que tu leur demandes de sortir avec toi. XD

Junie – Eh le mioche, t'as intérêt à te la boucler… Et puis je ne suis pas intéressé que par les filles…

Whanwhan95 – C'est-à-dire ? Genre t'es sérieux ?

Junie – Non, j'suis bi. X'D

Whanwhan95 – Putain t'as décidé d'essayer d'être drôle aujourd'hui ou comment ça se passe ?

Junie – Oula la, c'est quoi ce ton ? Me dis pas que t'es homophobe… -_-

Whanwhan95 – Ça risque pas, hyung. ;) ;) ;) ;) ;)

Junie – Non… T'es bi aussi ?

Whanwhan95 – Nope, moi j'aime que les mecs. ^^

Junie – Ah ok, ça explique le côté pervers, en fait tu me chauffais. ;)

Whanwhan95 – Oui bien sûr, ça m'arrive souvent de draguer des inconnus sur internet, j'adore ça. -_- Mais… ça t'aurait plu que je te chauffe ?

Junie – Dis pas n'importe quoi, petit.

Whanwhan95 – Ce sera babyboy pour toi, daddy. ;)

Junie – Mêler l'humour et le cul, c'est pas ton fort, gamin, arrête ça.

Whanwhan95 – Oh la la, je suis sûr que même ton pote avec les vannes de « toc toc » a plus d'humour que toi. -_-

Junie – Faut dire, c'est tellement drôle de se faire chauffer par son cadet…

Whanwhan95 – Aish, laisse tomber. Dépêche, t'es vraiment un boulet quand ton cheval n'est plus là…

Junie avait dû abandonner Cheval devant la grotte, la monture ne pouvait pas y entrer – seuls ceux qui possédaient l'amulette y étaient autorisés. Or, puisque le danseur détenait des équipements plus légers et une meilleure adresse, il se déplaçait plus vite que lui sur un terrain rocheux comme celui-ci.

Junie – Je trouve que ta confiance en toi grandit de façon exponentielle…

Whanwhan95 – Ça, c'est parce que quand il est plus de deux heures et demie du mat' et que je suis crevé, je deviens une tout autre personne. X)

Junie – Ouais, j'ai bien vu ça.

Whanwhan95 – T'aimes pas ?

Yejun resta quelques instants planté devant son ordinateur sans savoir quoi répondre. Il se contenta de faire avancer son personnage afin de ne pas perdre la trace de Jihwan.

Whanwhan95 – J'étais sûr que t'étais un petit pervers, toi aussi. T'oses juste pas l'admettre. ^^

Junie – Ou alors l'idée de parler de ça avec un garçon plus jeune me gêne profondément. -_-

Whanwhan95 – Dommage, mais ça veut dire que si j'avais été plus vieux… On aurait pu en discuter ? Voire envisager quelque chose… 'o'

Junie – Eh t'emballe pas. Tu ferais mieux d'aller te coucher, Jihwan, je veux pas savoir dans quel état tu seras si tu restes encore ne serait-ce qu'une heure de plus debout. Au dodo, gamin !

Le chevalier s'arrêta net, prouvant par là qu'il n'exécuterait pas un pas supplémentaire et qu'il souhaitait stopper la partie ici pour aujourd'hui. Le danseur fit volte-face et se planta devant son interlocuteur.

Whanwhan95 – Oh allez, on a bientôt trouvé l'ennemi principal de ce sous-sol, j'en suis convaincu ! On commencera le suivant demain, mais faut au moins finir celui-là, comme ça on arrivera plus vite à Thanatos et à ton remède.

Junie – T'es doué pour obtenir ce que tu veux, tu sais…

Whanwhan95 – Oh oui, ça je le sais… ;)

Junie – Chaque fois que tu mets ce smiley, c'est avec un sous-entendu qui me déplaît.

Whanwhan95 – Ah bon ? ;)

Junie – Ouaip, quoi que tu dises, ça devient bizarre quand tu fous ce clin d'œil, et si en plus tu rajoutes des points de suspension, là c'est le combo.

Whanwhan95 – Ok je vais faire un test…

Whanwhan95 – Soft version : Je dois aller me laver les dents.

Junie – ???

Whanwhan95 – Hard version : Je dois aller me laver les dents… ;)

Yejun ne put retenir un éclat de rire devant le manège de Jihwan, et il dut avouer que ça fonctionnait : avec des points de suspension et ce foutu smiley, tout ce que déclarait Jihwan revêtait un sens bien plus ambigu, même pour une phrase aussi banale que celle-ci.

Whanwhan95 – Alors ? Ça change quelque chose, selon toi ?

Junie – Ouais.

Whanwhan95 – Ça change quoi ?

Junie – Dans la première version, on comprend que tu vas te laver les dents, dans la seconde, on veut pas savoir ce que tu vas bien pouvoir faire avec ta brosse à dents…

Whanwhan95 – O.O Hyung… je crois que tu viens de prendre mon innocence en otage.

Junie – Pff, tu parles, depuis deux heures tu tortures la mienne, fais pas genre que t'es un petit agneau tout candide.

Whanwhan95 – Si c'est ce que tu veux, je peux devenir ton petit agneau tout candide… ;)

Junie – Bon, j'en ai marre de tes délires de pervers, bye.

Whanwhan95 – Goodbye, my lover ! Goodbye my friend !

Junie – Fait chier, je continue de trouver ça mignon quand même. -_-

Whanwhan95 – Oh, hyung, c'est chou. ^^ Dors bien !

Junie – Ouais, ouais, toi aussi. Bonne nuit, et remets-toi de tes émotions, petit.

Oula, Yejun avait chaud, très chaud, trop chaud… Une douche froide, une bonne douche froide, c'était de ça qu'il rêvait à présent. Et il devait ouvrir un bouquin de cours, penser à autre chose, sortir ce gamin têtu de son esprit.

~~~

Le lendemain, la journée s'écoula à une lenteur affolante, c'était affreux. Yejun n'attendait qu'une chose : continuer sa partie sur La Citadelle. Malheureusement, sans Jihwan, ça risquait de s'avérer compliqué, d'autant plus que l'un des avantages d'une confiance réciproque, c'était qu'ils pouvaient échanger des objets tels que des potions de vie, que Yejun avait achetées en grande quantité. Si Jihwan ne possédait pas de potion et venait à mourir, Yejun pourrait toujours lui en passer une afin qu'il ne se réincarne pas à la citadelle d'Argurion, car elle se situait trop loin pour qu'il se téléporte vers Junie. C'était ça, aussi, l'entraide nécessaire pour vaincre Thanatos.

Quand l'heure sonna, Yejun alluma son ordinateur et se plongea dans l'univers merveilleux de La Citadelle. Jihwan ne tarda pas à se connecter à son tour et les deux se retrouvèrent à l'endroit où ils s'étaient arrêtés cette nuit-là.

Whanwhan95 – Salut, hyung !

Junie – Salut, petit pervers. ^^

Whanwhan95 – Les mots blessent, tu sais… T-T

Junie – Fais pas genre que t'es triste, je sais bien que c'est n'importe quoi.

Whanwhan95 – Oups, démasqué. :P Bon, on y va ? Je te rappelle qu'on n'a qu'une demi-heure, en plus demain, c'est lundi, alors hors de question qu'on joue cette nuit.

Junie – Ouais, c'est parti.

Ils n'attendirent pas plus longtemps pour se jeter à l'assaut de l'ennemi qui les empêchait de prendre l'escalier jusqu'au sous-sol suivant. Il s'agissait du premier petit boss, pas spécialement compliqué à combattre. Ils passèrent peu de temps ici avant que Jihwan ne se déconnecte, souhaitant une bonne soirée à son hyung qui lui souhaita quant à lui une bonne nuit.

Chaque jour ils se voyaient à la même heure, et chaque jour ils apprenaient un peu plus à se connaître tout en vainquant tour à tour chacun des boss qui les séparaient du grand Thanatos.

Le vendredi suivant, puisque le lendemain chacun comptait s'autoriser une grasse matinée, ils décidèrent de se retrouver dans la nuit encore une fois, histoire d'avancer plus vite, et comme chaque fois, tous deux furent au rendez-vous.

Whanwhan95 – Coucou, hyung ! ^^

Junie – Salut Whanie, comment tu vas ?

Whanwhan95 – Je viens de faire un arrêt cardiaque. O.O

Junie – Euh… Et je peux savoir pourquoi ?

Whanwhan95 – Tu m'as pas encore traité de « petit ». 'o'

Junie – T'as raison, microbe, les habitudes se perdent trop vite chez moi. :P

Whanwhan95 – Pff… Enfin, y a une habitude qui se perd pas à ce que je vois, et pourtant ça fait déjà plus d'une semaine… ;)

Junie – Je sais que tu le fais exprès.

Whanwhan95 – Je ne vois strictement pas de quoi tu parles… ;) … ;) … ;) … ;) … ;)

Junie – -_-

Whanwhan95 – Hey d'ailleurs ça a rien à voir, mais je me demandais : t'habites où ?

Junie – Daegu.

Whanwhan95 – Oh, quel heureux hasard… ^^

Junie – C'est-à-dire ? T'y vis aussi ?

Whanwhan95 – Non.

Junie – Dans ce cas, en quoi c'est un heureux hasard ?

Whanwhan95 – Bah bien sûr que si que j'y vis, t'es vraiment pas malin, hyung…

Junie – Je vais vraiment finir par faire une dépression à cause de toi.

Whanwhan95 – Oh mais voyons, dis pas ça. Tu le sais que je t'aime, hein ? ♥

Junie – Dans quel sens ?

Whanwhan95 – Ça dépend, on peut se rencontrer ?

Junie – Pour l'instant je préfère pas, on se connaît à peine, tu vois…

Whanwhan95 – Aucun problème, de toute façon j'aurai juste à chercher s'il y a un certain Yejun dans mon lycée, avec un peu de chance on se croise tous les jours depuis des mois sans le savoir. ^^

Junie – … Sale gosse. Avance au lieu de dire des conneries.

Whanwhan95 – Oh la la, c'est bon…

Pourtant, en dépit de l'ambiguïté qui semblait planer entre eux, les deux adolescents aimaient l'idée de jouer ensemble. Ils appréciaient cette compagnie. Yejun découvrait le fait de s'ouvrir à quelqu'un d'autre que Taeil, quant à Jihwan, il découvrait le précieux sentiment d'amitié. Il aurait désiré rencontrer Yejun, mais il comprenait qu'après à peine une semaine, il préfère éviter, d'autant plus qu'il paraissait quelque peu réservé.

Peu importait. Leurs discussions à elles seules lui prouvaient leur complicité, et rien ne comptait plus à ses yeux. Il avait enfin trouvé quelqu'un à qui parler, quelqu'un à qui se confier. Bien sûr, son cousin le soutenait déjà, mais c'était différent, il appartenait à sa famille. Par conséquent, le bonheur d'être apprécié de quelqu'un le poussait à se montrer très décomplexé, très franc, et il n'y allait jamais par quatre chemins avec son hyung adoré.

La nuit s'acheva, et les semaines se succédèrent : chaque jour ils jouaient ensemble pendant une demi-heure, parfois un peu moins, et tous les vendredis et samedis, ils se retrouvaient une partie de la nuit. Ils s'étaient rapprochés, un mois et demi était passé. Ils étaient devenus une routine l'un pour l'autre, toutefois ils la ressentaient comme une routine exceptionnelle. Se revoir les réjouissait chaque fois, et même si l'un ne savait pas à quoi l'autre ressemblait, ils ne s'en souciaient guère. Seuls les mots qu'ils échangeaient revêtaient de l'importance à leurs yeux.

L'après-midi prenait fin et le soleil brillait dehors, une parfaite journée d'été dont Yejun profitait sur son ordinateur. Aujourd'hui était à marquer d'une pierre blanche : après un mois et demi d'efforts, les deux amis avaient enfin atteint leur ultime objectif, ils s'apprêtaient à affronter Thanatos. Ils avaient trépigné d'impatience toute la journée, ils ne tenaient plus en place, et les deux descendirent en même temps au dernier sous-sol de la grotte.

Whanwhan95 – On est dans la merde, là, un peu, non ?

Junie – Ah ouais je confirme…

Thanatos était une immense masse informe qui se mouvait avec une lenteur déconcertante. Or, sa force se révélait considérable : un coup risquait de provoquer de gros dégâts. D'un même pas, les deux camarades s'avancèrent vers la chose qui posa ses yeux immondes et globuleux sur eux avant de lancer un cri terrifiant. C'était les cris de Thanatos qu'on entendait depuis l'entrée de la grotte, ce cri qu'ils entendaient parfois retentir dans les sous-sols, et à présent ils allaient exécuter ce démon pour sauver Junie.

Whanwhan95 – Bon, t'es prêt ?

Junie – Allons-y !

Ils s'élancèrent dans un seul mouvement et fondirent sur leur adversaire. L'un comme l'autre testa l'effet d'un coup simple sur la créature qui ne perdit presque rien de sa vie. Quand le monstre répliqua, il blessa grièvement Junie qui s'était posté en première ligne puisque la défense de Whanwhan était inférieure à la sienne.

La bataille se poursuivit, les attaquent fusaient de toute part. Whanwhan dansait plus qu'il ne frappait, son sarouel donnait l'impression qu'il flottait au-dessus du sol et les longues étoffes qui dépassaient de ses brassards d'or accentuaient cette sensation envoûtante. Quelque chose murmurait à Yejun que Jihwan ressemblait à son avatar, qu'ils partageaient des traits communs. Plus le temps passait, plus il imaginait Jihwan avec toutes les qualités qui lui venaient à l'esprit, comme s'il songeait à l'être parfait ou bien… à l'être aimé. Car il fallait l'avouer, le jeune homme s'avérait malin, vif, taquin, et même s'il le niait, Yejun s'était attaché à son côté un peu pervers, ce côté de lui qu'il n'avait plus montré depuis plus d'un mois.

Les minutes défilaient, le combat se poursuivait, et les deux camarades étaient coordonnés à la manière de deux horloges réglées à la même heure.

Yejun portait ses écouteurs pour entendre les bruits de la bataille sans que ça dérange ses parents dans la pièce à côté, son cœur tambourinait au rythme de l'affrontement et quelque chose l'attristait à l'idée de battre ce boss et de retourner à Guèn. Il ne pourrait plus rester très longtemps sur Argurion, les joueurs étaient méticuleusement répartis à leur arrivée et, à part dans de rares cas comme celui-ci, impossible de changer de serveur.

Thanatos s'effondra après un coup de grâce lancé par Whanwhan. Ce dernier avait brandi ses deux armes au-dessus de lui, invoquant dans une brève prière silencieuse tous les pouvoirs divins, et ses soleils de métal s'étaient illuminés, pareils à deux véritables astres. Whanwhan s'était alors élancé sur Thanatos et avait bondi tout en croisant les mains contre son torse. Puis, dans un geste magistral, le danseur avait rouvert les bras pour projeter avec une brutalité épatante ses armes dans ce qui apparaissait comme le crâne de la créature. Celle-ci s'était écroulée avant de disparaître, ne laissant derrière elle qu'une herbe médicinale que Junie avait récupérée et que, dans le menu « item », il avait pu décider d'avaler.

Whanwhan95 – Alors, c'est bon ?

Un halo lumineux entoura le chevalier dont les pieds s'élevèrent au-dessus du sol tandis que la plante qu'il venait de consommer le délivrait de son maléfice.

Junie – Ouais, je crois que c'est bon. ^^

Whanwhan95 – Hourra ! Je suis trop content pour toi j'ai envie de hurler !

Junie – Putain tu te rends compte du temps qu'on y aura passé ? X)

Ils choisirent de partir de la grotte et furent téléportés à la citadelle, à la salle de réincarnation pour le moment vide. Junie esquissa un pas pour en sortir, pressé de guerroyer sans le moindre handicap, mais Whanwhan n'ébaucha pas un mouvement.

Junie – Whanie, tu viens ? J'ai envie d'aller profiter d'avoir retrouvé ma santé pour combattre quelques monstres avec mon dongsaeng préféré. ;)

Or, le danseur ne bougea toujours pas. Il restait immobile, comme si Jihwan avait quitté son ordinateur, pourtant, il prévenait quand il s'octroyait une pause goûter. C'était arrivé une ou deux fois qu'il garde le silence quelques instants, néanmoins cette fois-ci, un mauvais pressentiment l'habitait.

Junie – Whanie, d'habitude tu réponds direct, ça va pas ?

Pas le moindre mouvement, Whanwhan demeurait muet et statique en plein milieu de la pièce, ça en devenait presque effrayant. Il ressemblait à un fantôme ou bien une statue un peu trop réaliste.

Whanwhan95 – Hyung, j'ai fait une bêtise…

Yejun fut soulagé de voir que son cadet était bien toujours présent, mais son message le chiffonna ; jamais il n'avait tenu de tels propos, même quand il commettait une erreur qui coûtait ensuite aux deux garçons des points de vie.

Junie – C'est-à-dire ?

Whanwhan95 – J'étais content, alors j'ai crié, de toute façon ma mère était en courses…

Junie – Et… ?

Whanwhan95 – J'avais pas entendu mon père rentrer, j'avais mes écouteurs pendant qu'on combattait. Il est monté voir ce qu'il se passait. Vu la tête qu'il a faite, je vais y passer, c'est obligé… S'il le dit à ma mère c'est mort, on pourra plus jamais se revoir.

Junie – Tu peux pas la raisonner ?

Whanwhan95 – Tu veux savoir de qui je tiens mon entêtement ?

Junie – Oh merde…

Quelques secondes s'écoulèrent avant qu'un nouveau message ne soit laissé par le plus jeune.

Whanwhan95 – Hyung, je l'entends rentrer, je crois que mon père lui parle…

Junie – Et ils disent quoi ?

Whanwhan95 – On dirait qu'elle pète un câble alors je fais vite : je porte toujours un collier que mon cousin m'a fabriqué lui-même, il est unique, composé d'un fil et d'un pendentif avec un petit koala en pâte Fimo. Si un jour tu me croises je t'en supplie viens me parler ! Je vis au

Le message était coupé là, pas de point, pas de suite. Yejun se sentit tout à coup paniquer.

Junie – Ta mère va quand même pas te sucrer ton compte La Citadelle simplement pour que tu te concentres sur tes études, rassure-moi ?

La réponse tarda et eut l'effet d'un brutal retour à la réalité pour Yejun.

Whanwhan95 – Oh si jeune homme j'en suis tout à fait capable, maintenant allez travailler plutôt que de perdre votre temps avec de telles futilités. Ce n'est pas en jouant à ce jeu que vous serez utile en quoi que ce soit à la société.

Yejun voulut rétorquer, cependant la pastille de Jihwan était passée au rouge : il s'était déconnecté, impossible de tchatter avec lui. Puis, après quelques dizaines de secondes, un nouveau coup fut porté au cœur du garçon : le danseur avait disparu de la liste des joueurs. Sa mère venait de supprimer son compte.

Yejun se trouva désemparé. Il se déconnecta à son tour et éteignit son ordinateur après être retourné sur Guèn, puis il alla s'asseoir sur son lit, incapable d'exprimer la moindre réaction. Il se sentait… vide. Oui, c'était ça, vide. Est-ce qu'il s'était habitué à ce gamin à ce point ? Non, impossible, ils se connaissaient depuis si peu de temps, et…

« Et merde, je l'aime ce petit, » jura Yejun en se passant les mains sur le visage.

Quand Jihwan lui avait fait des avances pour plaisanter, Yejun s'était demandé ce qui pouvait bien lui traverser l'esprit. Pourtant, à mesure que les semaines s'écoulaient et qu'il avait cessé les allusions de ce genre, Yejun avait appris à l'aimer, oui à l'aimer, pas seulement comme un ami. Et désormais, une chose l'obnubilait : trouver ce garçon au collier koala.

Il sortit son portable de sa poche et envoya un message à Taeil.

Yejun – Demain matin, les potes et toi, retrouvez-moi devant le lycée, j'ai besoin de vous.

Il reçut une réponse positive de la part de son cadet qui ne lui réclama pas plus de détails, conscient que Yejun lui expliquerait tout le lendemain.

~~~

« Attends… attends… T'es amoureux !

— Bah ouais tiens, crie-le plus fort, ironisa Yejun.

— YEJUN EST…

— Putain Tae, arrête d'être aussi bête, le coupa Seuljae.

— Et du coup tu veux qu'on fasse quoi ? demanda Junwoo d'une voix timide.

— Il faut que je retrouve ce gars, mais je ne sais que très peu de choses : il s'appelle Jihwan, il a l'âge de Tae et il porte un collier avec un koala en pâte Fimo comme pendentif.

— Ça fait pas beaucoup, ça, admit Taeil d'un air dubitatif.

— Je sais. Mais il faut que je le retrouve, j'ai besoin de votre aide.

— En tout cas, il a beau avoir mon âge, je peux t'assurer que je le connais pas : y a aucun Jihwan dans ma classe.

— Je peux toujours demander aux élèves de l'université de droit s'ils savent de qui il s'agit, mais je doute que quiconque le connaisse, soupira Seuljae.

— Moi c'est pareil, ajouta Junwoo, je pense pas que les élèves de ma classe voient de qui je leur parle.

— Essayez quand même, les supplia Yejun.

— Ouais, d'accord. »

Jihwan avait paru si peiné quand il avait écrit ses dernières phrases à Junie que le garçon mettait tout en œuvre pour le retrouver, peu importait le temps que ça prendrait. Il ne supportait pas que Jihwan se sente abandonné, il fallait qu'il le cherche.

Et pourtant, les jours se succédaient mais personne ne trouva la moindre trace d'un quelconque Jihwan avec un collier koala, du moins pas dans leur établissement. Yejun s'était servi de sa popularité auprès de ses camarades pour obtenir des informations, toutefois la tentative était restée vaine. Bien sûr, Daegu comptait plusieurs lycées, mais comme le danseur en avait lui-même plaisanté, Yejun avait espéré qu'ils se révèlent depuis le début scolarisés dans le même établissement et que peut-être ils se soient déjà rencontrés sans le savoir… quelle naïveté, c'était trop beau pour être vrai.

Deux semaines s'étaient écoulées depuis le jour où Jihwan s'était désinscrit de La Citadelle, et en y songeant, Yejun s'aperçut que depuis deux semaines, il ne jouait plus à ce jeu. En vérité, le MMO avait perdu tout intérêt à ses yeux quand il avait perdu Jihwan.

La matinée n'en finissait pas, mais un peu avant l'heure du déjeuner, alors qu'il rêvassait en plein cours, Yejun sentit son téléphone vibrer contre sa cuisse. Il ne l'en tira pas, préférant continuer de suivre les explications de son professeur. Or, après trois vibrations consécutives, il se demanda pourquoi il recevait autant de SMS, et son cœur bondit dans sa poitrine quand il lut le message de Taeil.

Taeil – Yejun ? Je crois que je m'approche !

Taeil – Eh mec ! Je te parle ! J'ai pas encore trouvé Jihwan, mais j'y suis presque !

Taeil – Oh t'es chiant à pas répondre… bon pas grave, on se retrouve à la cafétéria, à midi !

~~~

Yejun se trouvait dans un état déplorable : il restait vingt minutes de cours qui s'annonçaient comme les vingt plus longues minutes de sa vie. Il trépignait d'impatience sans réussir à contrôler les battements fous de son cœur, et même s'il essayait de se calmer, l'idée que Taeil avait peut-être retrouvé Jihwan – ou du moins s'en rapprochait – le rendait dingue. En deux semaines, il avait cogité à propos de ce qu'il ressentait envers son cadet, et il s'était promis d'avouer au jeune garçon à quel point il tenait à lui.

Yejun en venait à compter les secondes qui lui restaient avant de trouver Taeil, et leur nombre était si élevé que ça en devenait déprimant. L'heure ralentissait ou reculait, tout ça pour l'emmerder. Il jetait de si réguliers coups d'œil à l'horloge que le professeur, vexé, lui demanda pourquoi il était si pressé. Gêné de s'être fait remarquer, le lycéen se contenta de baisser le regard sans répondre, concentrant cette fois-ci son attention sur sa montre. S'il continuait de penser à Jihwan, jamais cette heure ne prendrait fin. Depuis les messages de Taeil, seules trois minutes étaient passées, et déjà Yejun n'en pouvait plus...

Quand la sonnerie retentit enfin, au terme d'un interminable cours de maths, l'enseignant souhaita un bon weekend à ses élèves et les retint quelques minutes de plus afin de leur donner les devoirs pour la semaine suivante.

Yejun éprouva une brusque envie de meurtre ; lui, il espérait déguerpir en vitesse, il avait rangé toutes ses affaires dans son sac et il avait même enfilé son gilet. En dépit de l'année qui s'achevait dans deux semaines, ce professeur sadique continuait de les charger de travail.

Le garçon sortit à la hâte un stylo et écrivit sur son poignet les exercices. Il ne quitta pas la salle, il la fuit. Jamais il ne s'était montré si impatient, et l'enseignant aussi bien que les camarades de Yejun se demandèrent ce que cet empressement pouvait bien cacher – s'ils savaient…

Il fila à toute allure à travers les couloirs, comme doué d'ailes, et il ignora les quelques râleurs qui lui reprochaient de les avoir bousculés sans même s'excuser. Dans son esprit ne tournait qu'une seule et même personne, une seule personne qui l'obsédait depuis bien trop longtemps : Jihwan. Bien qu'il ne l'ait jamais rencontré, Yejun était convaincu que dès l'instant où il croiserait son regard, dès l'instant où il le reconnaîtrait, il verrait en lui le plus bel homme du monde. Jihwan s'était révélé magnifique à l'intérieur, il le serait aussi à l'extérieur.

Arrivé à la cafétéria, il ne prit pas de plateau, il se contenta de chercher où pouvait bien se trouver Taeil. Quand il le repéra, en train de discuter avec Junwoo et un lycéen dont il ignorait l'identité mais qui se tenait dos à lui, Yejun sentit son cœur bondir. S'agissait-il de Jihwan ? Pourtant il n'était pas inscrit dans cet établissement, non ?

Il s'avança jusqu'au groupe et s'assit à côté de son ami, face à l'inconnu qui lui adressa un sourire derrière lequel disparurent ses jolis yeux. Le garçon, châtain, arborait de petites joues rebondies, un sourire adorable et des prunelles d'un marron foncé profond. Or, Yejun ne perçut pas ce qu'il pensait ressentir en découvrant celui qu'il aimait, et même si ce garçon semblait tout à fait avenant, Yejun avait compris que ce n'était pas Jihwan. Il était mignon, sans aucun doute… mais il lui manquait cette étincelle de malice qu'il s'attendait à voir briller dans le regard de Jihwan et qu'il ne décelait pas dans le sien.

« Alors c'est toi, Junie ? lança le jeune homme.

— Oui, et toi… t'es Jihwan ? » lui demanda Yejun avec une timidité qu'il ne se connaissait pas.

Le garçon avait utilisé son pseudo… alors c'était bien lui ? Whanwhan95 ? L'inconnu s'esclaffa et Yejun remarqua un rictus sur les lèvres de ses deux amis.

« Non, mais j'imagine qu'il t'a déjà parlé de moi. Je suis son cousin, Euijin. »

Oh… Eh bien si Jihwan lui ressemblait autant qu'il le prétendait, Yejun savait déjà qu'il risquait bien de devenir dingue de lui.

Il acquiesça aux mots du lycéen qui reprit, son joli sourire toujours scotché au visage.

« Taeil est dans ma classe et quand je l'ai entendu parler à un de nos camarades en lui demandant s'il avait pas vu un certain « Jihwan avec un collier koala », j'ai vite compris, et quand il a ajouté que c'était de la part de Yejun, je n'avais plus aucun doute.

— Il est pas dans ce lycée ? s'enquit l'aîné.

— Non, il habite trop loin, au sud de la ville, il va pas faire quarante minutes de trajet chaque jour pour venir étudier.

— Ah ouais, je vois. Et tu peux me passer son numéro de téléphone ?

— T'es mignon, sourit Euijin. Tu crois pas que s'il avait un téléphone, il t'aurait passé son numéro au lieu de te dire qu'il portait mon collier ? Réfléchis un peu. Sa mère l'a jamais laissé avoir un portable, il risquerait de se faire des amis… »

Il tira la langue pour mimer son désaccord, et un sourire naquit sur les lèvres de Yejun. Effectivement, s'il avait possédé un téléphone, il lui aurait donné son numéro bien plus tôt.

« Dans ce cas, comment je peux le contacter ?

— Depuis votre histoire, le contrôle parental a été réactivé sur son ordi, sa mère surveille son historique en direct sur son portable. Une vraie vipère, je comprends pas comment elle peut être la sœur de mon père, ils sont tellement différents… Mais je peux lui faire passer tes messages si tu veux, vous avez l'air de vraiment bien vous entendre, et depuis que sa mère l'a engueulé, il déprime.

— Merci beaucoup ! Tiens, attends. »

Yejun sortit de son sac un papier sur lequel il nota son adresse ainsi qu'un petit mot à l'attention de son cadet adoré, après quoi il le plia et le confia à Euijin en lui demandant de ne pas le lire.

« Et tiens, ajouta Euijin en lui passant à son tour un papier. C'est mon numéro. Si tu veux lui dire des trucs moins privés, je ferai passer le message.

— Merci c'est super gentil, si tu savais à quel point… »

Il ne sut pas comment terminer sa phrase, et un tendre rictus naquit sur les lèvres de son interlocuteur.

« Oui, je sais. »

Euijin se leva et partit rejoindre une autre table où l'attendaient son plateau et ses amis, puis Yejun poussa un long soupir de soulagement.

« Ce gars est mignon, remarqua Taeil, ton Jihwan doit être super craquant, t'en as de la chance. »

De la part de Taeil, la remarque n'étonna pas Yejun, car son ami avait beau s'avérer hétéro, il n'hésitait pas à dire ce qu'il pensait, même si c'était d'un garçon qu'il parlait.

Yejun soupira de plus belle, mais son sourire ne quittait plus ses lèvres. Il allait bientôt retrouver Jihwan ! Et ce sourire s'agrandit encore plus quand, le soir même, il reçut un message d'Euijin :

Euijin – Jihwan peut passer te voir ce weekend, on a fait croire à ma tante qu'il serait avec moi, il viendra demain en début d'après-midi. :P

Yejun – Parfait, c'est vraiment sympa de ta part de faire ça pour nous.

Euijin – C'est normal, vous formeriez un si joli couple… ^.^

Yejun – T'es aussi gênant que ton cousin, toi… -_-

Euijin – Oui, je sais ! Bon, à plus !

Le garçon le salua à son tour et la conversation s'acheva. Moins d'une journée, il lui restait moins d'une journée avant de découvrir enfin à quoi ressemblait Jihwan, avant de lui avouer ce qu'il avait peiné à s'avouer, son amour pour lui.

Il avait aussitôt prévenu Taeil, et pour Yejun, la soirée était passée vite : il avait discuté avec son ami qui lui en revanche n'en pouvait plus d'entendre tous les éloges de son aîné au sujet du danseur. Ça en devenait lassant, vivement que ces deux-là se retrouvent…

~~~

C'était samedi, l'après-midi débutait tout juste et déjà Yejun ignorait si son cœur battait encore ou non. Bon, s'il était en vie, c'était probablement qu'il battait toujours, mais il n'était pas très sûr de respirer longtemps quand Jihwan arriverait.

Comme tous les après-midis de weekend, ses parents étaient partis se promener en ville, et pour le coup, il se réjouissait de rester seul. Il faisait les cent pas en se passant les mains dans les cheveux, incapable de se concentrer sur quoi que ce soit. Il détestait se mettre dans un pareil état pour quelqu'un, lui qui ne parvenait pas à s'attacher aux autres à peine deux mois plus tôt. Dès l'instant où Jihwan et lui avaient échangé leur confiance sur La Citadelle, c'était comme s'ils se l'étaient accordée en vrai.

La sonnerie retentit, et Yejun se rendit compte que non, son cœur ne s'était pas arrêté avant. En revanche, désormais, plus aucun doute : il allait décéder.

Tremblant d'anxiété, il posa sa main sur la poignée de la porte et ouvrit. Le jeune homme qui apparut tenait un papier, ce papier sur lequel Yejun avait noté son adresse la veille. Il leva les yeux pour découvrir le garçon face à lui. Les deux restèrent muets, leur regard parlait pour eux.

Non, Jihwan ne ressemblait pas à Euijin – du moins Yejun trouvait qu'il dégageait quelque chose de bien plus fort, de bien plus sensuel. C'était l'amour qu'il ressentait pour lui qui embellissait le corps de son apollon, de celui dont même l'avatar n'arrivait pas à la cheville.

Jihwan quant à lui, au sujet du physique de son ami, était bien loin du compte. Il avait imaginé un garçon grand, musclé, mais il se retrouvait face à quelqu'un d'à peine plus grand que lui, quelqu'un de mince… et il adorait ça. Yejun était magnifique, plein d'un charme un peu rude, et son apparence correspondait au caractère dont il témoignait quand ils jouaient ensemble. Ses cheveux qui tombaient sur son front lui donnaient un air taciturne, mais son regard brûlant exprimait une tout autre émotion.

« Junie ? Enfin… Yejun-hyung, c'est toi ? »

Oh putain, et cette voix ! Jamais Yejun n'en avait entendu une si sensuelle et si délicate. Sans même réfléchir aux conséquences de ses actes, l'aîné s'avança, attrapa le col de Jihwan et l'attira à lui, écrasant tout à coup ses lèvres sur les siennes. Il s'en régalait, de cette chair épaisse d'une douceur déconcertante. Yejun se délectait de ce baiser, et quand

Jihwan comprit enfin ce qui se passait, il y répondit sans hésiter, lui aussi sous le charme de son hyung.

Yejun le tira à l'intérieur et, après avoir refermé la porte derrière eux, il plaqua Jihwan contre le bois clair. Le lycéen étouffa un gémissement qui, parce qu'il avait entrouvert la bouche, permit à Yejun de laisser sa langue glisser entre et partir à la rencontre de la sienne.

D'abord doux, le baiser devint sensuel, puis sauvage. Yejun mordillait la lèvre inférieure de Jihwan qui ne pouvait retenir de faibles couinements de douleur qui traduisaient pourtant un plaisir bien présent. Ils s'écartèrent brièvement, retrouvèrent leur souffle. Un mince filet de salive les liait toujours, puis le baiser continua lorsque Jihwan passa la main dans la nuque de son amant et l'attira à lui pour l'embrasser de nouveau. Il prit le contrôle des mouvements de langues, bien plus lascifs qu'auparavant. Yejun effleura la hanche du plus jeune, il rapprocha un peu plus leurs deux corps, et quand ses baisers quittèrent la bouche de Jihwan pour se déposer sur sa mâchoire puis son cou, le garçon aux cheveux ébène enroula les bras autour de sa nuque et rejeta la tête en arrière, contre la porte, en laissant échapper un gémissement de plaisir.

Yejun ne désirait qu'une chose, le dévorer, là, maintenant, tout de suite. Il ne pouvait plus attendre, il ne voulait plus attendre. C'en était trop pour lui, son cœur hurlait.

« Je t'aime, Jihwanie, murmura l'aîné entre deux baisers sur ses clavicules en tentant de retrouver un souffle régulier.

— Moi aussi, » susurra-t-il en réponse.

Et de nouveau ils s'embrassèrent, parce qu'ils ne pouvaient déjà plus se passer l'un de l'autre. Tout ce à quoi ils aspiraient, c'était rester ensemble, et à ces baisers succédèrent de tendres caresses. Yejun enlaçait avec douceur son cadet qui avait trouvé dans ses bras le plus agréable des refuges.

~~~

Junie – Tu me rappelles quand est-ce qu'on a jugé que c'était une bonne idée de jouer ensemble à ce jeu ?

Whanwhan95 – Hyung, fais pas genre, je sais que t'es ravi que j'aie pu récupérer mon compte, et puis tu peux pas être en colère contre moi, je le sais bien. ^^

Junie – Ouais, t'as de la chance d'avoir un aussi joli fessier. -_-

Whanwhan95 – Tôt ou tard, ce fessier t'appartiendra, tu sais… ;)

Junie – Arrête, je vais finir par bander.

Whanwhan95 – Oh… je ne demande que ça… ;)

Junie – Et j'y pense, elle a dit quoi, ta mère, quand tu lui as dit que t'allais vivre chez ton cousin ?

Whanwhan95 – Je crois qu'elle s'en foutait un peu, je l'ai vraiment déçue quand elle a vu que je jouais en cachette depuis des mois à l'ordi. Mais je m'en fous, parce que comme ça, je peux te voir, je peux aller dans le même lycée que toi, et je peux rejouer à La Citadelle. *.*

Junie – Genre c'est le jeu vidéo qui t'a le plus manqué ? :'(

Whanwhan95 – Non, c'est toi mon Nini. ♥

Junie – Ce surnom, en revanche, il m'avait pas manqué…

Whanwhan95 – Tu verras, quand je le gémirai tu vas l'adorer… ;)

Junie – J'en ai marre de ces points et de ce smiley à la con. Eh, ça te dit de passer chez moi, je fais rien en ce moment, les vacances c'est toujours chiant.

Whanwhan95 – Pourquoi pas, comme ça je pourrai gémir ton surnom… ;)

Junie – Tout compte fait, j'aime bien ces points et ce clin d'œil… ;)

Whanwhan95 – J'en étais sûr ! Bon, j'arrive, à toute.

Le danseur se déconnecta.

On toqua quelques instants plus tard, Yejun s'empressa d'ouvrir. Sans un mot, il conduisit un Jihwan un peu déboussolé jusqu'à sa chambre et, une fois entré, il ferma la porte puis embrassa avec passion son petit ami. Ce dernier répondit à son aîné qui quant à lui n'hésita pas à passer les mains sous son t-shirt afin de caresser avec tendresse la peau brûlante de ses abdominaux. Chacun percevait l'autre comme une nouvelle merveille de la nature, chaque contact des doigts de son compagnon sur lui réchauffait Jihwan qui reprit son souffle. Leur baiser interrompu, Yejun laissa ses lèvres dériver vers ses clavicules pour lui retirer ensuite son haut. Son cadet le délesta du sien, et lorsque de nouveau chacun reprit possession de la bouche de l'autre, ils frémirent de sentir leur épiderme nu s'effleurer.

Ce fut sensuel, un lien fusionnel s'était établi entre eux, pour la première fois ils désiraient aller plus loin. Leurs mains se baladèrent, celles de Jihwan voulaient découvrir la peau diaphane de Yejun qui lui ne pouvait plus se lasser du corps si bien formé de son petit ami. L'amour débordant qu'il éprouvait pour lui renforçait chaque sensation.

« Yejun, souffla Jihwan pendant que son aîné marquait son épaule, j'étais pas sérieux quand je te proposais de gémir ton surnom, tu sais…

— Et toi, tu sais bien que je suis très premier degré, non ?

— Oh, dans ce cas, est-ce que t'as vraiment fini par bander ? s'enquit-il avec malice.

— À toi de le découvrir, répondit Yejun sur le même ton.

— Tu sais bien que j'adore partir à l'aventure…

— Et celle-ci ne fait que commencer, bébé… »

Sorbet parfum étoiles

Les portes se fermèrent dans un discret coulissement, les haut-parleurs annoncèrent le départ imminent pour les passagers concernés, puis le train se mit en marche, de même que le paysage. La gare laissa vite place à l'urbanité de la capitale qui elle-même, après quelques minutes, fut remplacée par la banlieue puis la nature.

Il faisait beau, chaud surtout, c'était étouffant – le wagon par chance était climatisé. Le soleil se levait à peine, pourtant les températures grimpaient déjà de manière effrayante. Le ciel était teinté de bleu, ce qui dénotait avec le vert de la campagne coréenne. C'était ce genre de bleu qu'on ne voyait pas souvent depuis Séoul, un bleu un peu plus pur.

Quand je prenais le train, j'éprouvais toujours cette étrange sensation d'apaisement. Je pourrais faire comme ce type, là, et travailler un peu, ou bien comme cette fille qui lisait un bouquin, ou bien comme ces deux personnes, un peu plus loin, qui portaient des écouteurs et consultaient leur smartphone.

Mais moi, ce que j'aimais, c'était regarder le paysage, fermer les yeux, et tenter de ressentir. Ressentir quoi ? Honnêtement, je n'en avais pas la moindre idée, mais j'aimais bien. Ça me reposait.

Je venais d'achever une année de plus à l'université, et quelques jours plus tôt, ma mère m'avait téléphoné pour me dire que « je sais que t'es en vacances, Lee Junwoo, viens passer un peu de temps à la maison, on serait tous ravis de te revoir ! »

Par « tous », elle entendait bien évidemment mon père, mon ami d'enfance et ses parents, mon chien et elle-même. Mais elle avait raison : six personnes, c'était déjà énorme…

J'avais espéré passer mes vacances à l'observatoire de Séoul où j'avais décroché un stage pour le prochain semestre. J'étudiais depuis deux ans l'astronomie, domaine dans lequel je souhaitais me spécialiser depuis toujours. Ainsi, peu désireux de changer mes plans juste pour me prélasser sur le canapé du salon de mes parents, j'avais cédé, mais en indiquant que je ne reviendrais que pour quatre ou cinq jours – une semaine si vraiment quelque chose m'obligeait à rester. Ça avait suffi à ravir ma mère, et moi j'étais heureux de lui faire plaisir avec ma seule présence.

Mes paupières clignèrent dans un mouvement surpris et instinctif lorsqu'un train croisa le mien avec un bruit sourd.

J'avais bien fait de choisir d'étudier les étoiles, moi qui étais toujours dans la lune.

Je n'étais pas retourné sur Busan depuis longtemps, quelque chose au fond de moi se réjouissait de retrouver la ville de ma jeunesse. Déjà je sentais un sourire poindre sur mon visage : sans savoir pourquoi, j'étais convaincu que j'allais passer un moment certes bref, mais intense.

~~~

« Ça y est, j'me fais chier.

— T'es arrivé quand déjà ?

— Y a environ une heure. »

Jihwan me lança un regard dépité et leva les yeux au ciel – ce même ciel bleu que je contemplais dans le train. J'étais arrivé à la gare une heure et demie plus tôt, mes parents m'y attendaient et m'avaient ramené à la maison, puis ils m'avaient prévenu que Jihwan allait sans doute passer en fin de matinée et ils étaient partis au travail.

J'étais resté seul trois bons quarts d'heure, le temps de ranger mes affaires et de me balader sur internet. Puis on avait sonné et j'avais ouvert à Jihwan.

Et je me faisais chier.

Pas qu'il n'était pas intéressant, loin de là, mais on s'était téléphonés à peine une semaine auparavant, autrement dit on n'avait plus grand-chose à se raconter. J'étais du genre à m'ennuyer très vite dès lors que j'étais séparé de mes bouquins, et je savais qu'il en allait de même pour Jihwan – à cela près que lui, c'était une fois éloigné de sa salle de danse qu'il s'ennuyait.

Nous voilà comme deux idiots assis dans l'herbe du jardin, les pieds dans la piscine. Aucun de nous ne désirait se baigner, à croire qu'on avait juste envie de se faire chier pour pouvoir se plaindre.

Vie de merde…

Je me laissai tomber peu à peu pour me retrouver allongé et, les yeux clos, je soupirai.

« Bon… bah à part ça, je suis quand même content de te revoir, me taquina Jihwan.

— Pareil. T'es mieux foutu qu'avant, d'ailleurs.

— T'es con ou quoi ? J'ai pris au moins trois kilos depuis l'année dernière…

— Justement. Trois kilos de muscle, si tu veux mon avis.

— Tss, vous êtes pareils.

— C'est Yejun qui te fait bouffer, hein ?

— Il sait que je peux pas lui dire non quand il me prépare un plat ! protesta Jihwan. Il dit que je suis son mochi d'amour. Pas plus tard qu'avant-hier, il m'a préparé des hamburgers faits maison. T'aurais vu sa petite mine peinée quand je lui ai dit que j'avais pas faim, il avait l'air tout triste ! Du coup bah j'ai fait quoi ? Bah je l'ai bouffé, son hamburger, voilà !

— Et il était bon ?

— Yejun ou le hamburger ? »

Je lui donnai un coup de coude sans pouvoir retenir un éclat de rire.

« T'es con, lui reprochai-je avec un large sourire. Mais je te jure que c'est que du muscle que tu prends, t'as pas à t'inquiéter, continue de manger les hamburgers de hyung.

— Et je peux continuer de manger hyung aussi ?

— T'es vraiment qu'un pervers, sérieux ! »

Ce fut à Jihwan de pouffer bêtement.

Nous avions grandi ensemble, je l'avais vu devenir un beau jeune homme passionné de danse – et très doué dans ce domaine. Malheureusement, je l'avais vu aussi se laisser dévorer par sa passion et son ambition : s'entraîner toujours plus, manger toujours moins. Par chance, il gardait un certain contrôle sur lui-même, il n'était jamais tombé dans l'anorexie, même s'il l'avait approchée plus d'une fois.

Et finalement, il s'en était sorti grâce à une audition. Une audition pour le département d'arts de l'université dans laquelle il se trouvait encore aujourd'hui. L'audition en elle-même avait déjà changé sa vie lorsqu'il l'avait réussie… en revanche, ce que Jihwan en avait retenu, ça avait été l'étudiant en musique venu jouer le morceau de piano sur lequel les candidats avaient dansé.

Kim Yejun.

Il avait tout de suite éprouvé un coup de cœur pour Jihwan, coup de cœur qui s'était avéré réciproque. Timides cependant, ils avaient d'abord juste discuté le jour de l'audition et n'avaient même pas osé échanger leur numéro. Ça n'avait été qu'en se croisant dans l'établissement de longues semaines plus tard qu'ils étaient devenus amis.

Et peu à peu plus que ça.

Yejun s'était vite rendu compte du problème alimentaire de Jihwan. Par chance, ça s'était déjà atténué avec son entrée à l'université, et Yejun n'avait pas eu beaucoup de mal à continuer de le tirer vers le haut pour l'aider à retrouver un mode de vie sain.

Il fallait bien avouer que j'admirais autant que j'enviais leur relation. Ils étaient mignons ensemble. Yejun se montrait assez fourbe pour réussir à nourrir Jihwan qui, pour sa part, demeurait le seul capable de révéler son côté tendre. Yejun, en vérité, je le trouvais assez froid. La première fois que je l'avais vu, je n'avais pas pu croire qu'il était cette boule de passion et d'affection que Jihwan encensait.

Sauf que j'avais oublié un détail : Jihwan, lui, la première fois qu'il avait vu Yejun, c'était pendant qu'il jouait du piano. Pas surprenant que sa première impression diffère autant de la mienne. J'avais trouvé l'occasion de regarder Yejun répéter à quelques reprises, et effectivement, il dégageait quelque chose d'indescriptible une fois assis derrière ce large instrument.

« Il fait quoi d'ailleurs, hyung, en ce moment ? demandai-je après un court silence.

— Il donne des cours de piano à des jeunes. Ça lui fait un peu d'argent qu'il peut mettre de côté. Et toi, tu t'es trouvé quelqu'un à Séoul ?

— Non, j'ai plus tendance à surveiller les astres que les mecs.

— Si tu veux, je…

— Non, hyung, le coupai-je aussitôt, je veux pas. Tes plans foireux pour me trouver quelqu'un, ça va bien deux minutes. Pas cet été.

— Bon... tant pis. Alors pendant quatre jours, on va s'ennuyer ensemble ici ?

— Non pas nécessairement, si tu veux on peut aller s'ennuyer ensemble au salon, à la cuisine, ou même au café pour un peu plus de fantaisie.

— On va passer des vacances de dingue...

— Je te le fais pas dire... »

Je battis un instant des jambes dans l'eau fraîche, les yeux clos. J'espérais bien m'amuser un peu plus dans les jours à venir, pour le moment il me semblait plutôt perdre mon temps... ce qui ne me dérangeait pas tant que ça. J'étais en vacances, après tout.

~~~

Mes parents rentrèrent l'un après l'autre dans la soirée. Jihwan m'avait quitté en début d'après-midi pour s'entraîner, et moi, j'étais resté dans ma chambre à lire un bouquin que je me félicitais d'avoir pensé à apporter.

Ce fut un peu avant vingt-et-une heures, une fois le dîner terminé et la cuisine rangée, que mon père proposa une promenade digestive en ville. Si d'habitude se balader sans but ne m'intéressait pas, je désirais surtout passer du temps avec ma famille pour profiter de mes vacances, et je sus bien vite que mon chien s'avérait du même avis : dès lors que j'attrapai sa laisse il se mit à japper, ravi.

Nous vivions à une bonne demi-heure à pied des rues commerçantes du centre-ville, nous étions au moins sûrs de marcher longtemps.

Comme je l'avais imaginé, le moment fut paisible et heureux, digne de ces souvenirs avec lesquels j'espérais revenir sur Séoul. Busan était une grande ville mais n'en restait pas moins charmante.

Le lendemain, je retrouvai de nouveau Jihwan, chez lui cette fois. J'écarquillai les yeux en constatant qu'il s'était entre temps teint les cheveux en un roux flamboyant. C'était particulier mais ça lui seyait bien – avec son visage aux traits parfaits, il comptait parmi ces chanceux à qui tout allait. Il avait appliqué un peu de fond de teint ainsi que du fard à joues pour donner à ses pommettes saillantes une couleur rose orangé qui s'harmonisait avec celle de sa chevelure. De même, il avait maquillé de façon discrète le contour de ses yeux et s'était surtout concentré sur ses lèvres charnues qu'il avait mises en valeur avec un baume qui leur apportait un éclat lumineux.

« Tu t'es fait beau, remarquai-je en entrant, y a une raison particulière à ça ? »

Pas besoin qu'il me réponde pour trouver la « raison » qui se cachait derrière la beauté frappante de mon aîné : la raison en question, elle était étendue sur le canapé avec nonchalance. Yejun. Un rictus apparut sur ses lèvres lorsqu'il me vit mais se fana aussitôt qu'il aperçut mon air rieur.

« Quoi ? râla-t-il.

— C'est Jihwan-hyung, hein ?

— Ouais, monsieur voulait se teindre les cheveux, mais à la seule condition que je me les teigne aussi.

— Ça te va bien, le vert menthe.

— C'est ce que j'arrête pas de lui répéter ! intervint Jihwan après avoir fermé la porte. Il est grave sexy comme ça ! »

Yejun râla sans qu'on comprenne ce qu'il marmonnait.

Je ne pouvais cependant pas donner tort à mon ami : les cheveux de Yejun, colorés de ce vert menthe froid, s'accordaient si bien avec son teint pâle. Les traits de son visage étaient délicats, ses yeux en amande avaient été soulignés par un maquillage sombre discret – sans doute exécuté par Jihwan – et ses oreilles arboraient plus de piercings que dans mon souvenir.

Les deux garçons s'étaient vêtus de la même façon : un t-shirt rayé blanc et noir, un jean noir élimé et des converses. Ça aussi, j'étais convaincu que c'était un coup de Jihwan, Yejun avait toujours détesté ce qu'il jugeait niais – et les habits de couple, c'était dans le top trois des trucs les plus niais que je connaisse. Or, de même que Jihwan ne pouvait pas résister à son copain lorsque celui-ci lui demandait de manger ce qu'il venait de préparer, Yejun s'avérait incapable de résister à Jihwan quand ce dernier cherchait à le coiffer, le maquiller ou l'habiller.

Ils m'amusaient, tous les deux.

« Et toi, t'as pas envie d'essayer une couleur ? osa me demander Jihwan.

— Non, Whanie, rétorqua Yejun, tout le monde a pas envie de ressembler à un arc-en-ciel.

— J'ai proposé une couleur, pas une perruque de clown…

— Très bien, alors quelle couleur fantaisiste as-tu songé à proposer à ton ami d'enfance ?

— C'est même pas fantaisiste !

— Ah vraiment ?

— Oui, vraiment.

— C'était quelle couleur que t'avais imaginée ? le questionnai-je à mon tour en m'asseyant dans un fauteuil face à Yejun.

— Du rose ! » se réjouit Jihwan en bondissant au cou de son compagnon – et sur son corps par la même occasion.

Yejun faillit s'étouffer sous le choc, écrasé par un mochi volant, quant à moi je manquai de m'étrangler avec ma propre salive en m'imaginant avec une chevelure rose. Y avait bien que Jihwan pour trouver des idées pareilles…

« Hyung a raison, pas de rose pour moi, refusai-je aussitôt.

— Mais tu serais trop beau, minauda Jihwan tandis qu'il enroulait les bras autour de son copain pour se blottir contre lui. Je suis sûr que ça t'irait trop bien ! Tu serais ma fraise tagada !

— Laisse-le, me soutint Yejun. Le noir, ça lui va déjà très bien. »

Je passai par réflexe une main dans mes cheveux. Ils avaient toujours été bruns, je n'avais jamais tenté de couleur – j'avais peur que ça ne m'aille pas. Je préférais un style sobre, suivant les modes qui me plaisaient et ignorant celles qui ne me convenaient pas. Je n'étais, en somme, rien de plus qu'un étudiant bien banal.

« Mais Jun, tu vas pas venir avec nous au festival de ce soir si t'essaies pas un minimum de fantaisie, protesta Jihwan avec une moue boudeuse.

— Un festival ? » tiquai-je.

Beaucoup étaient organisés ici l'été, mais ce genre d'évènements ne m'intéressait pas. Jihwan avait bien déjà essayé de me traîner à divers festivals, mais il échouait toujours. Je n'aimais pas la foule.

Je comprenais mieux maintenant pourquoi ils s'étaient tous les deux apprêtés : ils comptaient sortir.

« Surprise ! s'exclama mon ami d'enfance. Y a un festival sur la plage de Haeundae ce soir, et tu vas venir avec nous !

— Non. »

Malgré ce que j'avais tenté de présenter comme un refus catégorique, le sourire de Jihwan demeura immense, quant à Yejun il arborait un rictus qui me laissait penser qu'il savait que je changerais d'avis. Jihwan poursuivit son explication, mais aucune chance pour que…

« Va y avoir une pluie d'étoiles filantes, ce soir, t'es pas au courant ? Comme il fait super beau, le ciel sera dégagé et on pourra les voir. Y aura plus des familles que des jeunes en délire : on va au festival des étoiles ! »

Il croyait vraiment m'avoir juste avec des étoiles ?

« Ok, je viens. »

Bah oui, il m'avait eu.

« Je t'avais dit que ça le rendait faible, les étoiles, sourit Jihwan avec fierté.

— Je suis impressionné, acquiesça son petit ami, j'aurais pensé qu'il aurait au moins quelques réticences, mais même pas. »

Je haussai les épaules : si on parlait d'étoiles filantes, c'était certain que je viendrais, mais sûrement pas pour profiter du festival et des animations. Je comptais bien me repérer un endroit tranquille d'où m'extasier sur le ciel nocturne, que j'imaginais déjà percé de lueurs merveilleuses : un véritable rêve éveillé !

Je trouvais fantastique d'admirer les astres à l'observatoire, mais avoir l'occasion de les apercevoir à l'œil nu, ça revêtait à mes yeux une valeur toute particulière. C'était comme si l'univers choisissait de se dévoiler un bref instant pour rappeler sa grandeur à ceux qui l'oubliaient.

Il fallait absolument que j'assiste à ça !

« C'est à quelle heure ? demandai-je donc.

— Les étoiles seront visibles un peu avant minuit, le festival en revanche commence à vingt heures, histoire que même les plus jeunes puissent en profiter. Hyung et moi on comptait y aller à la tombée de la nuit, ça te va ?

— Ouais, bien sûr ! » acquiesçai-je d'un geste enthousiaste.

Parce que dès qu'il s'agissait d'étoiles, je redevenais un enfant. Et ça, ça amusait bien mes deux aînés qui se câlinaient sur le canapé. Heureusement que c'était climatisé : avec cette chaleur, ils seraient restés collés.

Quoique… ça n'aurait sans doute pas beaucoup dérangé Jihwan.

« Bon, donc il nous reste encore cinq heures pour te faire tout beau ! reprit Jihwan en quittant le confort de l'étreinte de son copain. Il faut que tu te changes et que tu sois un peu plus présentable !

— T'as cru que j'avais un rencard avec les étoiles ? rétorquai-je d'un ton désinvolte qui fit pouffer Yejun.

— Oh allez, Junwoo, y aura bien au moins un mec intéressant et intéressé ! plaida mon ami avec une moue à croquer.

— Le problème, c'est que c'est moi qui ne suis ni intéressant ni intéressé.

— J'ai raté quelque chose dans ton éducation, c'est pas possible autrement.

— Nos mamans nous changeaient nos couches ensemble, la seule chose que tu m'as apprise, c'est à m'habituer à tes allusions graveleuses…

— T'oublies le jour où j'ai voulu t'apprendre à sucer.

— J'ai essayé de l'oublier, nuance, maintenant si tu le permets, je vais aller vomir. »

Je me relevai et, tandis que je quittais le salon, Yejun et Jihwan se chamaillaient. L'aîné en effet reprochait à son copain d'essayer de m'apprendre quelque chose qu'il ne pratiquait presque jamais, ce à quoi Jihwan répondit que s'il n'avait pas une bite aussi énorme, il ne craindrait pas autant de la prendre dans sa bouche sans s'étouffer. Y avait vraiment des choses que j'avais pas besoin d'entendre.

Des images naquirent dans ma tête… oh mon dieu non, pitié…

Un frisson remonta le long de ma colonne vertébrale alors que je me rendais dans la cuisine pour me servir un verre d'eau. Je me jurai à moi-même que si je retrouvais les deux en train de copuler en revenant au salon, je commettrais un crime.

Une fois de retour cependant, je m'étonnai de les découvrir en train de bouder. Désormais assis chacun à un bout du canapé, ils consultaient leur portable sans échanger le moindre regard d'amoureux niais.

D'ici cinq minutes, ils se câlineraient de nouveau.

« C'est toi qui nous amèneras ? demandai-je à Yejun.

— Ouais, je connais un petit parking où y a toujours des places.

— Tu te souviens de ce qu'on avait fait dans ta voiture, sur ce parking ? » s'enquit Jihwan d'un ton sarcastique.

Yejun soupira et tourna la tête vers lui avec un air las.

« T'as dit que c'était la pipe de ta vie, tu dois t'en souvenir, non ? ajouta Jihwan, sans doute pour lui rafraîchir la mémoire.

— Et à part ça, y aura quoi comme genre d'animations là-bas ? repris-je dans l'espoir qu'on parle enfin d'autre chose – parce que non, leur vie sexuelle ne m'intéressait pas.

— Ils ont monté une scène sur la plage pour des groupes de musique. Ils ont prévu des stands pour les petits aussi, genre des jeux et tous ces trucs de fête. Les bars et restaus du coin auront aussi des stands, et y aura aussi des étalages avec des bibelots sur le thème des étoiles.

— Un petit truc, quoi.

— Ouais, c'est vraiment organisé à la va-vite, juste histoire de célébrer l'évènement et d'y assister ensemble. »

J'opinai et affichai un sourire attendri lorsque Jihwan s'allongea sur le canapé, la tête sur les cuisses de son copain qui soupira de dépit en lui caressant les cheveux. Je l'avais dit, ils ne pouvaient pas râler plus de quelques instants, je n'avais jamais vu ça avant.

« Et du coup, hyung, hésitai-je, d'après toi, je devrais m'habiller comment ? »

Il me suffit de quelques courtes secondes pour regretter ma question : juste le temps que Jihwan esquisse un rictus qui paraissait presque sadique.

J'étais décidément beaucoup trop naïf, mais je désirais lui faire plaisir, et je savais qu'il ne choisirait rien qui s'éloignerait trop de mon style – il prétendait que les vêtements sobres, sur moi, devenaient « basiques mais efficaces ».

Et puis, en toute honnêteté, je n'avais pas la moindre idée d'une façon d'occuper les cinq prochaines heures, alors autant regarder les habits que Jihwan me trouverait, ça ne me coûterait rien et ça me réserverait peut-être une bonne surprise – du moins je l'espérais.

De toute façon, puisque je comptais m'isoler aussitôt que j'arriverais sur la plage, ma tenue m'importait finalement peu.

~~~

C'était environ dix minutes plus tôt que nous avions quitté la maison des Kang tous les quatre – car la petite sœur de Jihwan s'était jointe à nous. Jiwon avait trois ans de différence avec son frère. Je passais tout mon temps avec Jihwan, je ne m'étais jamais rapproché d'elle, mais je la trouvais agréable et on discutait parfois ensemble.

Comme Jihwan, elle avait une bouille à croquer, même maintenant qu'elle était devenue une belle jeune femme aux cheveux décolorés et au style affirmé, bien loin du look de petite fille sage qu'elle avait arboré de longues années.

Installé à l'arrière de la voiture de Yejun, j'avais tourné les yeux vers la fenêtre dès l'instant où les deux idiots assis à l'avant avaient commencé à s'échanger des baisers à chaque feu tricolore. Jiwon, assise juste à côté de moi, se sentait tout aussi gênée : elle avait aussitôt sorti son portable pour s'y concentrer.

« D'ailleurs, Jiwon, j'y pense, se rappela tout à coup Jihwan, papa et maman ont dit que tu devais pas rester seule pendant le festival.

— Pardon ? s'insurgea l'adolescente qui décrocha tout à coup son regard de son smartphone. Ils ont cru que j'avais cinq ans ou ça se passe comment ? Et toi aussi, pourquoi tu me l'as pas dit avant ?

— Oh c'est bon, détends-toi, Yejun et moi on s'en fout du festival, on veut juste passer la soirée ensemble. On te suivra, on ira où tu voudras.

— Mais j'ai pas envie de rester avec vous ! Et si vous vous mettez tout à coup à copuler au bord de l'eau, je fais quoi moi ?

— Non mais... qu'est-ce que tu racontes ? Hyung et moi on va pas copuler au bord de l'eau ! rétorqua Jihwan.

— Non, à choisir on préfère copuler dans l'eau, c'est plus intime, ajouta Yejun d'un ton si sérieux que j'y croirais presque.

— C'est mort, je reste pas avec vous ! protesta encore Jiwon en s'enfonçant dans son siège tandis qu'elle croisait les bras d'un air déterminé.

— T'es obligée, sinon hyung fait demi-tour et on te ramène à la maison, répliqua son frère.

— Je vous sèmerai.

— Ça m'étonnerait.

— Y aura bien un moment où vous vous regarderez avec des cœurs dans les yeux et où je pourrai filer.

— C'est pour ta sécurité, pas pour te faire chier. Aux infos, ils ont dit que le nombre de filles droguées et abusées lors de ce genre de soirées avait augmenté. Alors tu restes avec nous.

— Et Junwoo, je peux rester avec Junwoo ?

— Hein ? Avec moi ? T'es sûre ? demandai-je d'un ton perplexe.

— Par pitié, me supplia-t-elle, tu veux pas rester avec moi pour la soirée ? »

Elle agrippa mon bras et fit la moue, plantant ses grands yeux bruns dans les miens tandis qu'elle avançait la lèvre inférieure pour accentuer son air de chien battu. Je doutais cependant que ma façon de passer la soirée lui plaise…

« Je compte juste aller me trouver un coin tranquille pour regarder les étoiles, tu sais ? indiquai-je d'un ton dubitatif.

— Alors que t'es aussi beau ? s'indigna-t-elle. J'ai supporté les exclamations débiles de mon frère que j'entendais depuis ma chambre pendant des heures et toi tu veux même pas aller te pavaner dans la foule ?

— Bah… non ?

— Je savais de base que je comprendrais jamais un mec, mais là ça se vérifie carrément... »

Je baissai les yeux sur ma tenue : Jihwan m'avait passé des sandales de plage, un de ses jeans clairs bien trop moulants, un débardeur de sport blanc quant à lui bien trop large, et pour la déconne il avait même utilisé une craie sur mes cheveux.

Du coup, ce con avait réussi : à défaut d'une teinture rose, c'était des mèches bleu nuit qui parsemaient ma chevelure brune. Lui, il trouvait ça beau, même s'il aurait préféré une craie rose. Par chance, j'avais réussi à négocier le bleu et j'en étais plus que soulagé : avec la pénombre, ça ne risquait pas de se remarquer, peu importaient les lumières du festival.

Mon look se révélait plutôt simple, à l'exception de ce foutu débardeur dont Jihwan se servait sans doute pour aguicher Yejun : je ne l'avais jamais vu avec, pas même pour du sport. Il portait peu de vêtements larges, et celui-ci l'était tellement qu'il dévoilait le haut de mes pectoraux. Quant aux trous béants que formaient les manches, ils montraient mes côtes et, au moindre coup de vent, une partie de mon torse.

Au moins, je bénéficiais d'une bonne aération, je ne risquais pas de mourir de chaud...

« Oh et puis merde, je préfère encore regarder les étoiles avec toi plutôt que me retrouver en public avec eux, affirma Jiwon en grimaçant lorsque les deux garçons échangèrent un nouveau baiser. Ils ont aucune pudeur, c'est effrayant. Junwoo, je pourrai rester avec toi ? Promis je te dérangerai pas, tu m'entendras pas, par pitié, tout mais pas eux deux !

— Si j'avais su qu'il me suffisait de trimballer Yejun quelque part pour que tu me foutes la paix, je l'aurais fait bien plus tôt, sourit Jihwan qui se réjouissait à l'idée de passer sa soirée seul avec son copain.

— Je me sens utilisé, marmonna Yejun sans quitter la route des yeux.

— Alors Junwoo ? reprit Jiwon. Tu veux bien que je sois ton ombre, ce soir ?

— Comme tu veux, tant que je peux regarder les étoiles…

— T'es mon sauveur, merci, merci !

— C'est bon, pas besoin d'en faire des tonnes, lui reprocha son frère.

— Si t'étais à ma place, toi aussi t'en ferais des tonnes. »

Jihwan ne prit pas la peine de répondre, se contentant d'une mine hautaine tandis qu'il se retournait sur son siège pour regarder devant lui. Le silence revint dans la voiture et je ne retins pas mon sourire : même s'ils étaient stupides, même si j'allais passer la soirée le nez levé vers le ciel, j'étais heureux de les retrouver.

À peine étions-nous arrivés près de la plage de Haeundae que Jihwan trépignait. On distinguait de loin les lumières du festival qui bravaient la pénombre. C'était un petit îlot éblouissant au beau milieu de l'immense plage, il fallait avouer que ça avait du charme.

Yejun se gara sur son fameux parking et quelques instants plus tard, nous marchions déjà tous sur la plage. Il faisait nuit noire, or les lampadaires de la ville éclairaient au point que nous n'étions plongés que dans une pâle obscurité.

Le sable sous nos pieds brûlait encore à cause du soleil qui avait tapé tout l'après-midi. L'air était humide et chargé de l'odeur de l'eau, ce genre d'odeurs qu'on ne sentait plus après s'y être habitué mais qu'on prenait toujours plaisir à redécouvrir. Déjà on entendait la musique du festival qui se mêlait au son apaisant des vagues tranquilles qui ramenaient l'écume au bord de la plage.

C'était un lieu si serein…

Je levai un regard au ciel : tout à fait dégagé, il y brillait la lune ainsi que les étoiles les plus lumineuses. Je souhaitais trouver le point de vue idéal, je ne voulais pas rater une seule seconde de ce fabuleux spectacle.

Jiwon quant à elle, elle boudait toujours, dépitée de ne pas pouvoir vagabonder comme elle le désirait ce soir-là.

Il ne nous fallut que quelques minutes de marche pour rejoindre le festival. J'avais entre temps repéré une masse sombre de l'autre côté de la plage, sûrement un rocher sur lequel je pourrais m'installer – j'espérais juste m'y rendre avec assez d'avance pour arriver le premier.

« Bon, puisque vous allez rester ensemble, nous on va vous laisser, sourit Jihwan en attrapant le bras de Yejun. Jiwon, tu restes avec Junwoo, je te fais confiance, c'est pour ton bien. Jun, tu fais bien attention à elle, d'accord ? Elle est chiante mais je l'aime quand même. »

Et sur ces mots, il ébouriffa la chevelure platine de sa sœur qui le repoussa sans douceur, incapable pourtant de cacher le léger sourire qui relevait ses lèvres. Je hochai la tête pour ma part et le couple n'hésita pas plus longtemps avant de filer – du moins Jihwan fila, Yejun quant à lui fut contraint de le suivre puisque son copain s'était férocement accroché à son bras.

« Je crois que j'ai bien fait de rester avec toi, soupira Jiwon en plantant les mains dans les poches de son short. Jihwan est une vraie pile électrique quand il s'y met.

— Et quand Yejun est dans les parages, rajoutai-je.

— D'ailleurs… avec son caractère, je sais pas comment ils font pour se supporter.

— Faut croire que l'amour vainc tout.

— Oh pitié, râla-t-elle. Bon, tu veux te poser où ?

— Le rocher, là-bas. »

Je tendis l'index pour désigner la masse sombre qui, à mesure qu'on s'en rapprochait, révéla bel et bien un rocher. Jiwon acquiesça, affirmant qu'en effet on bénéficierait d'un beau point de vue. Regarder les étoiles filantes passer au-dessus de l'onde m'apparaissait comme la meilleure façon d'apprécier ce spectacle, et la sœur de Jihwan approuva sans hésiter.

Je proposai de longer la plage plutôt que de traverser le festival, malheureusement cette fois-ci l'idée ne plut pas beaucoup à ma jeune accompagnatrice qui fit la moue. Elle ne ressemblait jamais tant à son frère que lorsqu'elle levait sur moi ses yeux de chien battu.

« Allez, s'il te plaît, me supplia-t-elle, juste vite fait, c'est pas grand-chose. Je m'arrêterai même pas, je te le promets ! Je veux juste voir un peu... »

Je ne mis pas longtemps à céder – après tout, s'il s'agissait juste de marcher entre les quelques stands, ça ne me gênait pas. La pauvre Jiwon s'était préparée exprès pour nous accompagner, je ne pouvais quand même pas l'abandonner à son triste sort et l'obliger à se tenir à l'écart des festivités du début à la fin. Je n'étais pas si cruel.

Jiwon me talonna lorsque je changeai de chemin pour ne plus suivre le bord de l'eau mais pour me rendre plutôt vers le festival d'où on entendait s'élever un puissant brouhaha, mêlant la musique et les discussions des visiteurs. Ce genre d'atmosphère ne me plaisait pas d'habitude, néanmoins cette ambiance joviale me dérangeait moins que s'il s'était agi d'un concert.

Déjà on pouvait apercevoir des familles avec des enfants à qui je ne donnerais pas plus de huit ou neuf ans. Avec leur t-shirt coloré, leur short et leurs claquettes, ces gamins me rappelaient l'insouciance qui m'habitait moi-même lorsque je me baladais sur la plage avec mes parents. Tous ces gosses ou presque tenaient soit une glace soit un jouet ou un bibelot sans doute acheté à l'un des stands. Ils arboraient de grands sourires et on croirait voir en eux une multitude de portraits de la famille parfaite.

Je devais bien admettre que ça me touchait.

Toujours juste derrière moi, pareille à une ombre, je sentais Jiwon de plus en plus excitée d'être ici. La joie naïve qui émanait d'elle était identique à celle des enfants qui tiraient sous nos yeux la manche de leurs parents pour tendre un index émerveillé vers tel ou tel étalage duquel ils souhaitaient se rapprocher. Chacun passait une soirée exquise sur la plage tranquille.

Lorsque j'arrivai enfin à l'entrée de ce qui paraissait à mi-chemin entre une fête foraine et un festival, j'esquissai un sourire en inspirant les effluves délicats de bon nombre de stands de street food qui avaient profité de l'occasion pour s'installer. Il y avait du monde, mais ça ne me gênait pas vraiment. J'étais moins ennuyé d'être entouré de familles en vacances et de touristes que d'étudiants survoltés.

Chaque étalage était paré de nombreuses lanternes, il me semblait déjà observer de véritables astres. Tandis que nous traversions la foule, Jiwon accrochée à mon bras pour ne pas me perdre de vue, je remarquai que chacun avait mis du sien pour que tout rappelle le thème de ce petit festival : des gâteaux aux friandises en passant par les bols et les verres, soit ils étaient en forme d'étoile, soit ils comportaient des motifs étoilés.

Ça pouvait paraître risible, mais je trouvais ça beau, je me sentais dans mon élément.

« Ça sent trop bon ! s'exclama Jiwon en écho à la réflexion que je menais quelques instants plus tôt. Je peux me prendre juste un truc à manger, Junwoo ? S'il te plaît… »

Impossible de résister aux Kang quand ils faisaient la moue, à croire que c'était quelque chose de similaire à une puissante arme de destruction massive, un genre de secret de famille qu'ils se transmettaient de génération en génération pour faire craquer n'importe qui d'un simple regard. Et ça marchait.

Je soupirai et acquiesçai : tant qu'ensuite elle restait calme jusqu'au passage des étoiles filantes, ça m'importait peu qu'on perde une minute ou deux. Je n'aimais pas la foule, mais je ne détestais pas l'ambiance. Disons qu'au moins, ça s'équilibrait.

« Junwoo ! Des tteokbokkis en forme d'étoiles ! »

Aussi discrète que son frère…

Accrochée à mon bras, Jiwon tendait l'index vers un stand qui proposait les fameux tteokbokkis, des petits gâteaux de riz – ici en forme d'astres – baignant dans une sauce pimentée et teintée d'un beau rouge. Elle n'attendit pas ma permission pour filer en acheter, pour ma part je demeurai donc comme un idiot en plein milieu du chemin à patienter. Elle ne tarda pas à revenir avec, entre les mains, un gobelet orné d'étoiles et dans lequel les gâteaux de riz pataugeaient dans leur sauce.

Nous repartîmes et je fis en sorte d'esquiver la place réservée à ceux qui dansaient sur la plage au son des basses qui semblaient secouer le sol. Ça, c'était sans doute l'endroit de ce festival que j'aimais le moins…

Par chance, Jiwon derrière moi, j'arrivai rapidement dans un lieu plus calme. Il me suffit de me retourner pour apercevoir la foule et les lumières, mais devant moi s'étendait l'obscurité. Il s'y dressait cette ombre menaçante que dessinait le rocher que j'avais repéré.

Pas une lampe, rien : nous étions les premiers arrivés.

Soulagé, j'enjoignis Jiwon à me suivre. Satisfaite avec ses tteokbokkis, elle obéit sans protester au sujet du fait qu'elle souhaiterait sans doute profiter un peu plus du festival. J'étais égoïste, certes, mais je n'étais venu que pour voir des étoiles filantes, alors si je devais les rater à cause de Jiwon… je risquais de buter son frère. Ensuite, je me ferais moi-même buter par Yejun dans mon sommeil, or il se trouvait que j'estimais être encore trop jeune pour mourir.

Il ne nous fallut marcher que quelques minutes pour arriver au rocher. Il s'élevait plus haut que ce que j'avais cru, mais je repérai bien vite une plateforme de pierre à mi-hauteur. L'atteindre serait un jeu d'enfant et depuis là, on pourrait apprécier, Jiwon et moi, le spectacle sublime des étoiles filantes.

« Tu te sens capable de grimper ?

— Un peu, ouais, je te suis ! »

Et la demoiselle n'avait pas menti : elle me rejoignit sur mon perchoir en quelques instants dès lors que j'y fus moi aussi. Il fallait quand même rappeler qu'elle tenait encore son gobelet à moitié rempli.

Dès lors qu'elle arriva près de moi, elle s'assit en tailleur, saisit ses baguettes et reprit son dîner où elle avait dû s'arrêter. Je levai pour ma part les yeux au ciel et en admirai la noirceur parfaite. Déjà on y voyait la lune qui, timide, n'avait dévoilé ce soir-là que son premier croissant. Des astres semblaient avoir été déposés comme autant de petits points blancs par le peintre de l'univers et je me régalais d'avance à l'idée du spectacle qui m'attendait.

Son repas fini, Jiwon mit de la musique pour faire passer le temps, c'était divertissant je devais bien l'admettre.

Une longue heure s'écoula de cette manière, heure au terme de laquelle je dus reconnaître que mon ventre commençait à gronder. Quelle idée, aussi, de n'avoir rien avalé depuis ce midi…

« Tu veux que j'aille chercher un truc à manger ? proposa Jiwon en baissant le son de sa musique.

— Non, j'ai pas envie de bouger et tes parents ont été clairs : tu vas nulle part seule.

— Personne n'est venu aux abords de ce rocher pendant qu'on s'y trouvait, répliqua-t-elle avec une moue pensive, si t'as peur qu'on te pique la place, je pense pas que ça arrivera, et au vu de l'heure on a encore un bon bout de temps avant que les étoiles filantes n'apparaissent. On a largement le temps d'aller te chercher un truc à bouffer. »

Elle n'avait pas tort.

Raison pour laquelle je cédai une fois de plus. Nous voilà donc en train de regagner à la hâte le festival. Pas le temps de réfléchir, je voulais faire vite : j'étais décidé à prendre moi aussi un gobelet de tteokbokkis.

Jiwon à ma suite, j'arrivai dans le coin des stands de street food. Je repérai sans mal les tteokbokkis et m'en offris une portion pendant que Jiwon allait chercher une brochette de fraises pas très loin. Je fus servi et pus retourner sur mes pas retrouver la sœur de mon ami. Celle-ci me vit et m'adressa de grands signes – du genre de ceux qu'on ne pouvait pas rater.

Pressé, je la rejoignis en prenant bien soin malgré tout de ne bousculer personne sur mon chemin. Perdre mon temps dans cette foule où je me sentais mal à l'aise me dérangeait.

J'arrivai enfin vers Jiwon qui tenait une brochette de fruits enrobés de caramel et dont elle se régalait – pour preuve, elle en avait déjà autour de la bouche.

« Bon, on y retourne ? lançai-je le premier.

— Je te suis ! »

Elle m'adressa un large sourire et me fit signe de passer devant.

J'eus néanmoins à peine ébauché un pas qu'une voix grave, envoûtante et apaisante à la fois, s'éleva près de moi pour nous interpeller de manière joviale.

« Hey, les tourtereaux, ça vous dit un sorbet parfum étoiles ? »

Je n'avais jamais entendu une voix pareille, ce fut sans doute pour ça que je tournai la tête : je voulais découvrir à qui elle appartenait. Je ne sus pas alors déterminer si ce que je trouvais le plus beau, c'était cette voix mélodieuse, ou bien le garçon qui la possédait.

Son visage était sans le moindre doute ce que le monde avait créé de plus magnifique. Ses yeux en amande brillaient de malice, son nez était tracé à la perfection et encadré par ses pommettes rendues saillantes du fait de son large sourire rectangulaire – un sourire qui resterait à coup sûr gravé dans ma mémoire. C'était un jeune homme fin à la mâchoire taillée. Ses cheveux bruns lui retombaient sur le front, ses oreilles étaient percées de deux anneaux argentés et il portait une tenue de travail pour servir les clients.

Parce que celui qui s'était approprié toute mon attention avec une seule phrase, c'était l'un des deux vendeurs d'un petit stand de glaces.

Est-ce que je venais de vivre un coup de foudre monstrueux ? En toute franchise, oui, ça m'en avait tout l'air, mais je préférais feindre qu'il n'en était rien. Je lui adressai donc un sourire gêné et m'apprêtait à filer quand Jiwon intervint.

« Parfum étoiles ? répéta-t-elle. Ou en forme d'étoile, plutôt ?

— Non, non, j'ai bien dit parfum étoiles, confirma le vendeur – et mon dieu, sa voix…

— Ça a pas de goût les étoiles.

— J'ai la preuve du contraire. Ton copain et toi voulez goûter ?

— C'est pas mon copain.

— Ça m'intéresse, tout à coup… »

J'écarquillai les yeux en croisant le regard aguicheur du vendeur qui me toisa en se passant de manière lascive la langue sur ses lèvres.

Est-ce que je pouvais encore considérer ça comme un hasard de tomber ainsi sur un des rares mecs intéressés par les hommes à ce festival ?

« À croire que tous les beaux mecs du coin sont gays, râla Jiwon.

— Mon frère ne l'est pas, si ça t'intéresse, mais il est un peu trop âgé pour toi, malheureusement. »

Il désigna du menton celui qui travaillait avec lui et servait des clients. Son visage était aussi parfait que celui de son frère, sa carrure en revanche impressionnait plus : il possédait de larges épaules qui pouvaient inquiéter malgré son sourire tout aussi large qui tendait à prouver qu'il était doué d'une grande douceur.

« On peut en revenir à la glace ? râla Jiwon. C'est parfum quoi, du coup ?

— Étoiles, répliqua le vendeur avec malice.

— Non mais… vous avez mis quoi dedans, je veux dire.

— Des étoiles. »

Jiwon soupira de dépit et, sa brochette toujours dans la main, elle croisa les bras contre son torse.

« T'essaies de me dire que t'es allé chercher des étoiles et que tu les as foutues dans ton sorbet ? Pas trop long, le trajet ?

— Celles qu'il y a dans le ciel sont beaucoup trop loin, en revanche, j'ai l'impression que je pourrais essayer de capturer celles qui brillent dans le regard de ce beau jeune homme.

— Quelle lourdeur… »

Le beau jeune homme en question, c'était moi, d'après son regard qu'il avait ancré dans le mien. Autant dire que je ne m'étais jamais fait draguer de manière aussi explicite en plein milieu de la foule – pour dire vrai, je ne m'étais jamais fait draguer tout court, et ça me paraissait plutôt violent pour une première fois…

« Tu veux voir les étoiles ? »

Mon cerveau se déconnecta lorsque le vendeur m'adressa cette phrase avec son sourire moqueur. Qu'est-ce qu'il cherchait à provoquer ? Est-ce qu'il espérait me voir perdre mes moyens face à son assurance ?

Parce que si c'était le cas, il avait réussi : je restai comme un idiot à lâcher un « euh » pathétique. Jiwon en revanche, bien décidée à percer le mystère de cette fameuse glace, acquiesça aussitôt.

« Fais voir, ordonna-t-elle.

— Tu vas pas être déçue, p'tite curieuse. »

Trop intriguée, elle ne releva même pas et se contenta d'observer avec un intérêt croissant le jeune garçon plonger la main dans sa poche. Dans sa poche. Quoi qu'il en sorte, qu'est-ce que ça foutait là ?

Le vendeur tendit la main par-dessus le comptoir et ouvrit son poing pour nous faire découvrir…

« Des étoiles ? murmura Jiwon avec une mine surprise en découvrant plusieurs jolies petites étoiles brunes à huit branches.

— Pas exactement, sourit son interlocuteur avec fierté. C'est de la badiane chinoise…

— Des anis étoilés, pensai-je tout haut sans me rendre compte que j'avais coupé le vendeur.

— Tout à fait. C'est une épice, mais j'ai réussi à en faire un parfum de glace, je suis pas peu fier. Alors je réitère ma question : est-ce que ça vous tente, un sorbet parfum étoiles ? »

Émerveillée, Jiwon arborait désormais un large sourire. Elle acquiesça vivement et tendit un billet au jeune garçon qui lui servit sa glace. Sans comprendre pourquoi, je l'imitai – sans doute son charme magnétique et la fierté qui se dégageaient de lui quand il parlait de cette fameuse glace. Je désirai lui faire plaisir.

Ouais, j'avoue, j'étais con, et alors ? C'était pas un crime, que je sache…

Ce fut de cette manière que je me retrouvai avec Jiwon sur le rocher où la place demeurait libre. Je m'installai après avoir grimpé et étendis mes jambes en menant à mes lèvres le bâtonnet que je n'avais toujours pas goûté. Décoré de petites étoiles qui en parsemaient le sommet, ce sorbet me donnait l'eau à la bouche. Puisque j'avais fini mes tteokbokkis pendant que Jiwon et le vendeur parlaient, je pus profiter aussitôt de ce dessert, et tout ce que je pus en dire, c'était que j'avais bien fait de me laisser tenter – par le dessert, hein, pas par le vendeur.

On retrouvait le goût de l'anis étoilé, mais ça restait très doux, parfait pour une glace. Un vrai régal !

~~~

Je surveillais sans arrêt ma montre depuis dix bonnes minutes maintenant : bientôt les étoiles filantes surgiraient dans la nuit. Déjà mon cœur battait à tout rompre et j'éprouvais la sensation de m'apprêter à vivre un moment d'exception. Ma ferveur, au fil du temps, semblait avoir gagné Jiwon qui trépignait d'impatience – sans doute à cause de mes longs discours sur l'astronomie, je l'avais contaminée, la pauvre…

Nous discutions, le nez levé vers le ciel. J'aimais de plus en plus le temps que je passais avec elle malgré le fait que la conversation, depuis que j'avais épuisé le sujet des étoiles filantes, s'était dirigée sur Taeil.

Le vendeur de glaces.

Parce qu'il se trouvait qu'il portait un badge avec son nom et que, puisqu'elle était bien plus près de lui que moi, Jiwon avait réussi à lire qu'il s'appelait Taeil. Beau prénom pour un beau garçon…

Bref.

La discussion donc avait commencé quelques minutes plus tôt et tournait désormais autour d'une seule et même question que Jiwon me posait et me reposait en boucle :

« Non mais sérieux, Junwoo… Il t'a carrément tapé dans l'œil, Taeil, non ? »

J'avais eu le malheur de nier, et depuis, elle ne me lâchait plus. Bien sûr qu'il m'avait tapé dans l'œil – et pas uniquement dans un œil, il m'avait carrément giflé, à ce niveau-là –, mais peut-être que je ne souhaitais pas l'admettre. Parce que si je l'admettais, Jiwon foncerait cafter à son frère, et si Jihwan l'apprenait, j'en entendrais parler pendant longtemps – et il risquait d'essayer de m'arranger un rendez-vous, ce qui s'avèrerait catastrophique.

De manière générale, dès que Jihwan se mêlait de mes affaires, ça tournait au désastre. J'ignorais comment c'était possible, mais avec le temps c'était devenu une habitude…

En bref donc, je luttais contre Jiwon qui demeurait convaincue qu'il s'était produit quelque chose entre « le beau Taeil », comme elle l'appelait, et moi. Jihwan m'avait raconté qu'elle l'avait harcelé avant qu'il ne sorte avec Yejun. Elle avait même réussi à trouver le numéro de téléphone de ce dernier et s'était fait passer pour son frère afin de lui donner rendez-vous. Jihwan l'avait découvert et avait en représailles jeté sa sœur dans la piscine.

N'empêche que deux jours plus tard, il s'y présentait quand même, à ce fameux rendez-vous avec Yejun.

Je m'étais toujours demandé si, sans l'aide maladroite, stupide, mais efficace de Jiwon, ils se seraient mis ensemble ou non. J'imaginais que oui : ils se plaisaient et la gamine leur avait seulement donné un petit coup de pouce pour oser se rapprocher l'un de l'autre, mais dans tous les cas, ce serait venu tôt ou tard.

En attendant, en revanche, elle commençait à me les briser avec ses conneries.

« Je l'ai vu, affirma-t-elle encore malgré le silence qui durait depuis de longues minutes déjà. J'ai vu ton regard, Junwoo. Et Tae, il avait raison : t'avais des étoiles dans les yeux quand t'as posé le regard sur lui.

— Même pas vrai.

— Tu préfères que je te dise que c'était littéralement des cœurs qui s'échappaient de tes jolis yeux ?

— Je préférerais que tu la boucles, à choisir...

— Aïe, ça tire à balles réelles...

— Pas trop mal ?

— Je m'en remettrai, merci pour ta sollicitude. J'irai voir Jihwan et je lui dirai que tu t'es fait ouvertement draguer par un mec en plein milieu de la foule. On verra qui c'est qui souffrira le plus.

— Les balles réelles, le retour. »

Jiwon laissa échapper un éclat de rire et, une fois calmée, bascula peu à peu en arrière. Elle se retrouva allongée et, les mains jointes sur son ventre, elle ferma les yeux dans un soupir. Je l'imitai mais gardai le regard fixé sur le plafond étoilé, les paupières mi-closes de sorte à observer les vagues lueurs qui se dessinaient sur la voûte céleste. C'était reposant. Pour beaucoup, ça ne valait pas un bon festival avec un concert sur la plage, mais je trouvais pour ma part qu'observer les étoiles dégageait quelque chose de spécial. Ça me permettait d'oublier tous les tracas du quotidien, je me sentais en paix.

Mon rythme cardiaque s'était apaisé et il me semblait partir, comme si j'allais m'assoupir. Un coup d'œil à ma montre me tira un sourire : encore quelques minutes avant le grand moment.

Je me tournai vers Jiwon sans savoir si elle dormait ou non. Si c'était le cas, mieux valait ne pas la réveiller tout de suite, j'attendrais les étoiles filantes pour ça.

De nouveau assis, je m'apprêtais à porter mon regard sur le ciel lorsque ce fut la terre ferme qui attira mon attention : quelqu'un approchait. Je m'agitai aussitôt : mon cœur se mit à palpiter sans que j'en comprenne la raison et mon cerveau entreprit de lister toutes les raisons pour lesquelles quelqu'un viendrait par ici (des raisons différentes de la mienne, bien sûr, parce que mon brillant esprit préférait me faire imaginer les pires choses au monde plutôt que de reconnaître que, possiblement, il existait au moins une autre personne amatrice d'étoiles et de calme à ce festival).

La pénombre me permit de ne distinguer qu'une silhouette élancée en contrebas, dans le sable. Pas de lumière. Et l'ombre nous approchait d'un pas serein.

Elle se stoppa, je me figeai. Jamais une banale seconde ne m'avait paru si longue. Jamais un banal battement de cœur ne m'avait paru si assourdissant.

Un faisceau lumineux fut tout à coup projeté dans ma direction. Je fermai les paupières sous la violence de cette clarté si vive sur moi qui étais habitué depuis une heure déjà à me bercer d'obscurité. Jiwon ouvrit les yeux aussitôt et se redressa à son tour ; ni elle ni moi ne pouvions distinguer la personne qui avait allumé cette lampe torche, nous étions aveuglés.

« Oh ! s'exclama tout à coup une voix que je connaissais bien pour l'avoir déjà entendue ce soir-là. Mais c'est la fille agaçante et le beau garçon ! »

Taeil…

Jiwon sembla reconnaître notre vendeur de glace aussi vite que moi. Si pour ma part je restai surpris et coi face à cette arrivée plus qu'inattendue, ma cadette en revanche réagit… d'une manière qui lui ressemblait, disons.

« D'où je suis agaçante ? rétorqua-t-elle en croisant les bras contre sa poitrine d'un air vexé. Tu t'es vu, toi, avec tes étoiles ?

— Je n'ai rien d'agaçant, répliqua Taeil en s'avançant au pied du rocher. Je t'expliquais simplement comment on fabrique un sorbet parfum étoiles.

— Tss…

— La réponse des faibles.

— N'importe quoi !

— Ose essayer de me prouver le contraire…

— Je parle pas avec les idiots.

— Oh… dois-je donc en déduire que puisque tu parles avec lui, le beau garçon qui t'accompagne est à la fois beau et intelligent ?

— Et très gentil aussi, confirma Jiwon en retrouvant son immense sourire.

— Que d'éloges ! »

Moi qui n'étais pourtant pas du genre à rougir, mon visage brûlait de gêne, et je ne pouvais plus que croiser les doigts dans l'espoir qu'il n'ait pas viré à un pourpre vif qui me mettrait plus encore dans l'embarras. Quelle idée, en même temps, de parler de moi de cette façon et juste sous mon nez ! Et puis… Jiwon, sérieusement ? Elle cherchait à me caser avec lui ou quoi ?

Quelle question, bien sûr qu'elle cherchait à me caser avec lui. Depuis une heure elle essayait de me faire avouer mon coup de foudre pour lui.

Nous ressemblions à deux astres voyageant dans l'univers, et puis cette rencontre était survenue, véritable collision qui ne m'avait pas laissé indemne. Lui sans doute n'avait rien ressenti – je priais quand même pour une infime secousse – mais moi, ça m'avait bouleversé, chamboulé.

Difficile pour mon esprit rationnel et posé de croire qu'un parfait inconnu puisse exercer un effet aussi brusque sur mon cœur. Comment était-ce possible ? De beaux garçons, j'en croisais tous les jours, qu'est-ce que ce vendeur avec son sorbet aux étoiles possédait de si particulier qui m'avait heurté à ce point ? Sa voix, peut-être : à peine l'avais-je entendue que j'en étais tombé sous le charme. Elle renfermait une telle délicatesse...

Taeil, que je distinguais à présent malgré sa lampe pointée sur nous, me lança un regard amusé et demanda s'il pouvait nous rejoindre. J'étais convaincu que Jiwon refuserait que ce garçon qu'elle trouvait agaçant nous rejoigne... mais j'avais oublié qu'elle avait décidé de jouer les cupidons, ce soir...

« Bien sûr, acquiesça-t-elle, viens t'asseoir, il reste de la place vers Junwoo ! »

Sale peste.

« Oh, alors en plus d'être un beau garçon intelligent et gentil, tu as aussi un beau prénom, Junwoo. Quelle chance, décidément ! »

Jiwon me le paierait, je me le jurai.

Et merde, pourquoi est-ce que ça me faisait autant d'effet d'entendre Taeil prononcer mon prénom de sa voix suave ? Pourquoi est-ce que mon bas-ventre s'enflammait comme s'il venait de me dire « touche-moi » ? Et bordel de merde, est-ce quelqu'un pouvait m'expliquer pourquoi j'étais en train de rêver de cet inconnu me demandant de le toucher !

J'avais pété un câble ou quoi ? Depuis quand est-ce que j'étais comme ça ? Qui était ce garçon qui, à travers mes yeux, dévorait celui qui grimpait pour se joindre à nous ?

Taeil en effet escalada avec habileté la paroi rocheuse pour se hisser jusqu'à nous. Jiwon, comme le parfait petit cupidon qu'elle s'acharnait à incarner ce soir, s'était déplacée avec discrétion de sorte à laisser près de moi un vide plus que large. Elle espérait sans le moindre doute que notre invité s'y installerait – et avec cet immense espace à mes côtés, il n'hésiterait pas.

Et moi, je restais passif, comme l'abruti que j'éprouvais la sensation d'être devenu. Tout ça pour un mec.

Je me faisais pitié, sans rire…

Taeil arriva à notre hauteur et se hissa auprès de nous, s'asseyant, ô surprise, juste à côté de moi (y avait vraiment quelqu'un qui s'y attendait pas ?). Jiwon me lança un regard complice, convaincue que le geste m'avait touché.

Je savais bien que les deux enfants Kang avaient un sérieux souci…

À peine installé, Taeil se tourna vers moi et m'offrit un large sourire d'une forme bien singulière. Quelle beauté…

« Alors, Junwoo, dis-moi : le goût des étoiles t'a plu ?

— Ouais, c'était bon. »

J'avais pas pu improviser mieux, j'avoue. J'avais paniqué.

« La prochaine fois, si tu veux, je pourrai te faire goûter au septième ciel…

— Et sinon, ça t'arrive d'avoir des sujets de conversation intéressants ? »

Est-ce que j'assumais ma réplique ? Non, pas le moins du monde.

En revanche, je dus bien admettre que le visage décomposé de Taeil, que je distinguais en dépit de la semi-obscurité, en valait la peine. Tout à coup, j'assumais un peu plus ce que j'avais balancé sans la moindre gêne. Jiwon elle-même s'esclaffa.

Malheureusement pour moi, même une question pareille ne vint pas à bout de la répartie de mon voisin.

« Mais on parlera de tout ce qui t'intéresse, Junwoo, » répliqua-t-il d'une voix dans laquelle on sentait poindre une sensualité volontairement exagérée.

Oh vraiment ? De tout ce qui m'intéressait ?

On était bien d'accord, là, il s'était mis tout seul dans la merde ?

« Tu sais quoi des étoiles ? demandai-je.

— Elles ont bon goût... d'ailleurs, je me demande si toi aussi.

— Tu savais que le Soleil avait une masse de près de deux fois dix puissance trente kilos ? continuai-je sans me démonter.

— Non, je savais pas. Pourquoi ?

— Parce que je trouve que toi, t'es encore plus lourd. »

Nouvel éclat de rire de la part de Jiwon – une chance, elle était bon public. Taeil quant à lui me toisait avec un sourire en coin, peu déstabilisé par ma répartie. Dommage, j'aurais essayé.

« Junwoo, ricana Taeil d'un ton sarcastique, attends de m'avoir sur toi avant d'affirmer que je suis lourd. »

Ça allait finir en véritable guerre. Taeil me défiait du regard, comme s'il me narguait avec un « essaie de faire mieux, pour voir ». Problème : j'étais bien plus limité que lui en termes de répartie. J'ignorais quoi répliquer, je disposais de peu d'imagination pour ce genre d'inepties.

Tout ce que je trouvai à faire, ce fut de pousser un soupir en haussant les épaules tandis que Jiwon décidait enfin de participer à la discussion – pour mon plus grand malheur.

« Ouah, Junwoo, vous faites un couple magnifique !

— On fait même pas un couple, rétorquai-je d'un ton boudeur, mêle-toi de tes affaires.

— Moi je trouve qu'elle a raison, la soutint Taeil. On forme un joli couple.

— Je vous déteste…

— Je sais parfaitement que c'est faux. Tu m'adores, beau garçon.

— Boucle-la, surtout si c'est pour m'appeler comme ça. »

Décidément peu dérangé par mon petit caractère, Taeil éclata de rire, imité par Jiwon. Elle avait vite retourné sa veste, la gamine. Je jurerais que les deux s'étaient ligués contre moi. Je ne perdis cependant pas de vue mon objectif de la soirée et grommelai que les étoiles filantes ne tarderaient plus à apparaître. Je m'allongeai de nouveau, comme Jiwon puis Taeil... qui s'allongea le plus près possible de moi.

« Donc en plus d'être lourd, t'es collant ? râlai-je.

— Ouaip. Mais je suis sûr que t'aimes ça, se moqua l'autre idiot avec un sourire que je devinais débile malgré l'obscurité.

— Bien sûr, j'adore, c'est à se demander pourquoi je suis pas complètement sous ton charme. »

Je l'étais déjà, sa répartie m'amusait et en plus d'être mignon, il semblait gentil et agréable. Mais même sous la torture, hors de question que je l'admette. Cette fois néanmoins, Taeil ne répondit rien, il se contenta de se passer un bras derrière la nuque. J'étais convaincu qu'il affichait un rictus malicieux et qu'il savourait de me voir ronchonner.

Je me demandais en quoi je l'intéressais, ça aussi m'intriguait mais ne me déplaisait pas. Se faire draguer de cette manière, pour moi que tout le monde avait toujours ignoré, c'était à la fois nouveau et délicieux. Certes, Taeil se montrait lourd, mais ça accentuait encore son charme. Même s'il ne me draguait que pour rire de moi, ça ne me dérangeait pas. De toute façon, l'un et l'autre nous savions qu'il n'y aurait rien de plus entre nous ce soir, mais ça nous divertissait.

Je tournai la tête vers mes deux voisins, curieux de ne plus les entendre, mais alors que je m'apprêtais à leur demander avec méfiance ce qu'ils complotaient, une lumière soudaine et discrète attira mon regard. Je me retournai aussitôt sur le ciel constellé d'étoiles bien visibles. Ce fut à cet instant que je les vis. D'abord, il ne s'agit que d'un unique point pâle qui tirait derrière lui sa traîne blanche, puis un second s'alluma. Je l'observai avec une fascination qui, j'en étais certain, illuminait mes pupilles.

J'aurais sans doute assisté à un spectacle bien plus éblouissant si j'avais apporté un télescope, mais admirer ces prodiges de mes propres yeux me procurait une sensation bien plus intense. Je retrouvais ce que je vivais lorsque j'étais encore un enfant qui levait les yeux sur la voûte nocturne : mon cœur battait la chamade, je redécouvrais les merveilles dont l'univers regorgeait. C'était sublime.

Je me sentais minuscule devant ce spectacle fabuleux. Des étoiles couraient à la manière de lumières venues lacérer le ciel. C'était presque… touchant. Une foule d'émotions indescriptibles m'envahissait. Il me semblait lire en ces étoiles filantes l'expression même de l'espoir et du bonheur. Je n'étais pourtant pas un grand sentimental, au contraire je me montrais souvent détaché, mais quand ça concernait ma passion pour l'astronomie, ça devenait tout à fait différent. Il existait des choses qui ne s'expliquaient pas, tout simplement.

« C'est sublime, murmura mon voisin.

— Oui, elles sont incroyables, susurrai-je à mon tour.

— Je viens voir les Perséides chaque année. C'est un genre de tradition dans ma famille, on le fait toujours.

— C'est vrai ? »

J'ignorais ce qui m'étonnait le plus : que ce garçon d'apparence arrogante dissimule une âme capable de s'émouvoir devant une pluie d'étoiles filantes, ou bien que ce même garçon connaisse le nom des Perséides. Avec cette seule phrase en tout cas, il avait réussi à attirer mon attention de manière bien plus efficace qu'avec toutes les piques ridicules qu'il m'avait envoyées jusque-là.

« Oui, affirma Taeil, j'aurais bien aimé les voir avec mon frère, mais il fallait quelqu'un pour gérer le stand. J'espère qu'il les voit aussi bien que nous.

— J'en suis sûre, souffla Jiwon, les organisateurs avaient prévu d'éteindre les lumières du festival dès l'apparition des premières étoiles, comme ça elles seraient les vedettes de la soirée.

— Elles le méritent. »

Je souris à ces mots et le silence revint entre nous. Toute notre attention était focalisée sur le ciel au-dessus de nous. Les étoiles s'amoncelaient, de plus en plus nombreuses, comme si elles tombaient les unes après les autres et se laissaient emporter là où le destin les guidait.

De minuscules lumières éphémères réunissaient tant de personnes sur cette plage…

Je remarquai que les éclairages du festival avaient en effet disparu. J'imaginais tout le monde le nez en l'air, en train d'observer ce spectacle sublime, et Jihwan et Yejun occupés à partager un baiser discret à l'abri des regards. Un baiser sous cette voûte étoilée, ça devait avoir un goût si particulier…

Très légèrement tourné vers lui, je posai les yeux sur Taeil qui, allongé, concentré sur le ciel, avait laissé échapper une larme.

~~~

Je n'avais formulé aucune remarque quant à cette larme orpheline qui lui avait échappé. Je ne me sentais pas à l'aise quand quelqu'un se rendait compte que je pleurais, et j'imaginais que Taeil n'apprécierait pas non plus. Je demeurai donc silencieux, et après de longues mais intenses minutes, seules quelques rares étoiles subsistaient.

« Je regrette pas d'être venue ! se réjouit Jiwon. C'était vraiment beau ! »

J'approuvai d'un acquiescement qui passa inaperçu et m'assis lorsque mon amie en fit de même. Taeil resta aussi muet qu'immobile. Jiwon sortit son portable de sa poche et en activa la lampe torche.

« Bon, lança-t-elle, on y va ? Les deux idiots doivent déjà nous attendre, je suis sûre qu'ils se sont galochés bien salement pendant que tout le monde avait les yeux rivés sur le ciel. Berk, ça me dégoûte rien que d'y penser. Si au moins ça avait été Tae et toi qui vous rouliez une pelle, là au moins ça aurait été intéressant.

— Je vois pas ce qu'il y aurait eu d'intéressant à nous voir nous rouler une pelle, rétorquai-je.

— Si tu savais… Bon, allez, on va les retrouver ? Comme ça on pourra profiter un peu du festival.

— Ouais, ouais, allons-y.

— Tae, tu viens ? »

Je me tournai vers notre nouvel ami qui, toujours allongé et les yeux désormais clos, laissa un sourire poindre sur son visage que Jiwon éclaira. La trace de ses larmes se voyait, mais seulement pour moi qui savais qu'il en avait versé. La sœur de Jihwan ne remarqua rien.

« Allez-y, moi je reste encore un peu ici, je suis bien là, décida-t-il.

— Comme tu veux. Junwoo, tu viens ? »

J'hésitai : pour la première fois de la soirée, je voulais rester auprès de l'agaçant vendeur de glaces. Il cherchait à nous cacher l'émotion qui s'était emparée de lui. J'ignorais ce qui expliquait ces larmes et j'étais, il fallait l'admettre, curieux. Même moi qui m'émouvais devant la beauté de ce spectacle, je n'avais jamais été touché à ce point. J'éprouvais la sensation que ses larmes dissimulaient bien plus que ce que je pouvais imaginer.

Je ne connaissais pas Taeil, deux heures plus tôt nous étions de parfaits étrangers l'un pour l'autre. Pourtant... je n'aimais pas l'idée de le laisser seul. Son visage, je l'avais vu lorsque cette larme discrète lui avait échappé. Il n'exprimait pas la douleur, mais... une sorte de soulagement que je ne comprenais pas. J'avais mal pour lui sans même savoir si lui souffrait.

Il ne paraissait cependant pas désirer que Jiwon et moi en apprenions plus. Ainsi, malgré mon envie de lui demander s'il allait bien, je levai le regard vers

Jiwon et acquiesçai. Je la suivis et l'imitai lorsqu'elle salua Taeil en lui souhaitant une bonne nuit sur son rocher. Pour ma part, je me contentai de lui offrir un sourire et un « à plus, peut-être » auquel il répondit d'un simple signe de la main.

Sans ouvrir ses yeux que je devinais rougis.

~~~

Nous avions retrouvé Jihwan et Yejun assis sur la plage. Après un rapide tour du festival pendant lequel j'avais remarqué que même après un quart d'heure, Taeil n'était toujours pas revenu au stand de glaces, nous étions repartis.

Yejun nous avait ramenés et j'étais rentré chez moi après lui avoir souhaité une bonne nuit – il dormait chez Jihwan et, puisque je n'habitais pas loin, je lui avais épargné le trajet.

Avant de m'assoupir, je m'étais remémoré cette soirée folle que j'avais vécue. Les étoiles avaient été sublimes, pourtant la dernière chose à laquelle j'avais pensé, ça avait été Taeil.

Le lendemain matin, je me réveillai plus tôt que je ne l'aurais cru. L'aube illuminait d'une lueur douce la ville et je décidai d'en profiter pour un peu de jogging. Me balader dans Busan me manquait et j'aimais bien longer la plage de Haeundae. J'ouvris la fenêtre de ma chambre et me réjouis de constater qu'à cette heure, l'air restait frais.

Un bon footing à jeun, il n'y avait que ça pour bien commencer la journée.

Je me changeai en vitesse et bus un petit verre d'eau pour éviter les ballonnements. Je savais qu'il y avait plusieurs fontaines d'eau potable sur mon trajet, je ne pris même pas la peine d'apporter une gourde.

Une fois mes chaussures aux pieds, je démarrai à la fois ma playlist sport (oui, j'en avais une) et mon application GPS qui s'occuperait de m'indiquer mes performances et mon chrono quand je terminerais mon jogging.

Je m'élançai donc pour un tour qui me demanderait une bonne heure. Mes parents de toute façon étaient partis au travail et, connaissant Jihwan et Yejun, ils ne se réveilleraient pas avant midi (non pas qu'ils aient passé la nuit à s'aimer, mais ils comptaient parmi ceux qui se levaient le plus tard possible pour profiter de se câliner... sauf s'ils se disputaient, auquel cas il existait une chance pour qu'ils quittent le lit avant).

Je longeai des habitations avant d'arriver dans un quartier commerçant de Haeundae. Il ne me fallut que quelques minutes de plus pour rejoindre la plage, bordée par une promenade bétonnée. Le matin, on n'y voyait que des coureurs et des petits vieux qui marchaient en discutant de la pluie et du beau temps.

Je me demandai si plus tard, je serais ce genre de petit vieux...

J'avais cependant oublié un détail : le soleil tapait, et aucun immeuble ne parvenait à me procurer un peu d'ombre. Déjà bien réchauffé par l'effort, je commençais à transpirer à grosses gouttes, et la prochaine fontaine d'eau potable se trouvait à deux bons kilomètres.

Conclusion : j'aurais dû apporter une gourde.

Tout ce que j'avais amené, c'était mon porte-monnaie (parce que oui, j'étais disposé à prendre mes papiers et mon argent, mais pas de bouteille). Je jetai alors un regard autour de moi et poursuivis ma course sans quitter des yeux les commerces qui bordaient la plage. Il devait bien y en avoir un ouvert et qui vendait de l'eau, non ?

Une boutique attira mon attention, un jeune homme installait déjà des parasols au-dessus des tables devant l'entrée.

Je reconnus aussitôt le frère de Taeil... je me trouvais devant leur magasin de glaces.

Poussé non plus par la soif mais par la curiosité, je m'approchai. Mes pas avertirent l'employé qui m'offrit un sourire commercial en me saluant. Je le lui rendis et lui demandai s'ils proposaient des boissons ici.

« Oui, affirma-t-il, on a deux frigos à l'intérieur, vous pouvez aller choisir ce qui vous fait plaisir. »

Je hochai la tête en le remerciant et entrai, de nouveau plus intéressé à l'idée d'une eau bien fraîche qu'à l'idée de retrouver...

« Bonjour, Junwoo. »

Taeil.

Toujours aussi beau, toujours aussi envoûtant, et toujours avec cette agaçante espièglerie qui teintait le son délicat de sa voix.

« Les étoiles t'ont plu au point que t'en redemandes ? » s'enquit-il avec malice.

Il se tenait derrière un comptoir vitré où s'alignaient plusieurs rangées de bacs contenant différentes saveurs de crèmes glacées – dont celle à l'anis étoilé. La petite boutique était élégante, quelques tables y étaient disposées dans un coin tranquille un peu à l'écart. Près du comptoir des glaces s'en trouvait un qui présentait divers accompagnements sucrés ou bien salés qui me semblaient tous fort appétissants, et vers mon vendeur préféré (oui, il l'était, soyons honnêtes) se situait mon salut : deux larges réfrigérateurs verticaux derrière la vitrine desquels je distinguai toutes sortes de boissons : eau, sodas, jus de fruits, quelques canettes de bière aussi, et des smoothies faits maison.

« Une bouteille d'eau, s'il vous plaît, demandai-je en ignorant sa question et en essayant de rester indifférent à son charme – c'était loin de s'avérer aisé.

— Je vous mets quelque chose d'autre avec ça ? » acquiesça l'autre en se tournant pour prendre la bouteille.

Aucun commentaire au sujet du double sens que je percevais dans cette phrase...

« Non, ce sera tout, merci.

— Dommage... »

Le regard moqueur qu'il tourna vers moi ne trompait pas : on avait tous les deux compris la même chose. Déstabilisé, je me contentai de sortir ma carte pour payer au plus vite et pouvoir m'en aller.

J'avais quand même un sacré problème : j'étais entré ici avec l'espoir que Taeil s'y trouverait, et maintenant que je le rencontrais, j'ignorais quoi lui dire et je souhaitais filer sans me retourner. J'étais con. J'avais juste envie d'attirer son attention sur moi, du moins il me semblait : je voulais qu'il ne voie que moi, qu'il me parle, qu'il m'adresse ses remarques à la con. Parce que j'aimais bien ça, sa fausse stupidité lui donnait du charme.

« T'es pas supposé ne pas faire de pause quand tu cours ? me demanda Taeil alors qu'il me tendait la machine contre laquelle je posai ma carte.

— Je fais ce que je veux, râlai-je.

— Alors t'es entré ici parce que tu le voulais ?

— J'avais soif et j'ai pas pris d'eau.

— Moi aussi je voulais te revoir. »

Sa voix, dans laquelle la sincérité avait remplacé la moquerie, me surprit. Jusque-là concentré sur la petite machine qui venait de biper pour indiquer que mon paiement avait été accepté, je levai les yeux vers le jeune homme qui m'offrit un sourire… un sourire inqualifiable. Doux, honnête, ce genre de sourire qui illuminerait ma journée entière.

« Qu'est-ce que tu racontes ? rétorquai-je avec désinvolture sans me démonter.

— Je sais pas non plus pourquoi, mais je t'aime bien.

— Dis pas n'importe quoi.

— Je suis sincère. Et je sais que toi aussi, tu m'aimes bien.

— T'es un mec agaçant et prétentieux, qu'est-ce qui pourrait bien être attirant chez toi ?

— Peut-être le fait que je sois agaçant, prétentieux, mais gentil. »

Merde, il marquait un point, ce con…

« Est-ce que je dois prendre ton silence comme un oui ?

— Non.

— Dommage. Dans ce cas, j'imagine que ça veut dire que tu ne veux pas venir au musée avec moi ?

— Au musée ? »

Non, sérieux ? Taeil voulait aller au musée ? Et avec moi, en plus ?

Il avait pété un câble ou bien j'hallucinais ?

« Ils ont récemment ajouté une salle, un planétarium. Je trouvais que ça pourrait être un truc sympa, et comme t'as l'air d'aimer ça, j'avais pensé qu'y aller avec toi pourrait être cool.

— En fait, t'es le frère jumeau de Taeil, c'est ça ? Genre lui c'est le jumeau maléfique, et toi, t'es celui qui est gentil ?

— Je savais bien que tu me trouvais gentil, ricana le vendeur avec un air attendri. Et non, désolé de casser ton délire, mais j'ai pas de jumeau, je suis unique.

— Ça c'est peu dire…

— Alors, tu voudrais bien venir avec moi ? Je comptais y aller dans l'après-midi.

— Tu perds pas le nord, toi…

— Et toi tu cherches à éviter la question, alors réponds : tu viendras ? »

Je roulai des yeux et attrapai ma bouteille bien fraîche avant de prendre la direction de la sortie. Je me mordis cependant la lèvre et, sans me retourner, je lâchai d'un ton mal assuré :

« Je serai là à deux heures, ça ira ?

— Oui, répondit Taeil avec un soulagement qui me remua l'estomac, je t'attendrai devant la boutique. »

Toujours dos à lui, je hochai la tête avant de partir, priant pour qu'il n'ait pas remarqué mes joues se colorer d'un rouge ridicule et traître. Le Taeil qui, hier, avait passé sa soirée à m'envoyer des phrases bien lourdes, aujourd'hui le voilà qui me proposait un tour au musée. Et tandis que je continuais de nier l'évidence devant lui, clamant qu'il ne m'intéressait pas, je venais d'accepter ce qui ressemblait à s'y méprendre à un rencard.

C'était bien un rencard, n'est-ce pas ?

Si Jihwan et Jiwon l'apprenaient, j'étais d'emblée certain qu'ils ne me lâcheraient plus, surtout Jiwon qui semblait désirer plus que tout nous caser ensemble. Est-ce que ça me dérangeait ? Non, absolument pas, mais encore une fois ma fierté m'empêchait de l'admettre.

Pourtant, c'était la vérité : je m'impatientais déjà à l'idée de revoir Taeil, plus encore de le revoir à l'occasion de la visite d'un planétarium.

~~~

Un mal de ventre.

Ouais, j'avais rien trouvé de mieux comme excuse pour refuser l'invitation de Jihwan cet après-midi sans lui avouer qu'en vérité, j'avais rendez-vous avec un agaçant vendeur d'esquimaux dans un musée. Il ne m'aurait jamais cru, de toute façon.

Ou alors il m'aurait cru et il n'aurait pas arrêté de me vanner.

Du coup, je lui avais menti. Bref.

Il était deux heures moins cinq et je venais d'arriver sur l'allée goudronnée qui bordait la plage. Le magasin de glaces se situait à environ trente secondes à pied, mais hors de question que je me pointe en avance, l'autre idiot pourrait s'imaginer que je voulais le revoir (c'était le cas, mais je ne comptais pas l'admettre).

Je profitai donc de mon avance pour m'asseoir sur un muret face à l'océan. L'eau était calme, un brouhaha causé par la foule des baigneurs taisait le murmure des vagues. Puisque le soleil brillait, les vacanciers s'avéraient nombreux. Je me figurais bien venir dans ce décor agréable et rêvasser en me laissant porter par l'atmosphère paisible qui régnait.

Quelqu'un s'installa auprès de moi, je poussai un soupir en le reconnaissant sans même lever les yeux.

« Alors, on cherche à cacher qu'on arrive en avance ? minauda Taeil.

— Je me préparais mentalement à te retrouver, nuance. J'étais en pleine méditation. »

Ouais, je n'avais pas trouvé mieux, de toute façon il savait que j'avais une répartie digne de celle d'un enfant.

« Je vois, sourit Taeil amusé. Alors t'as bien médité, c'est bon ? On peut y aller ?

— Ouais, ouais.

— Grognon ? C'est parce que je t'ai interrompu dans ton travail sur toi-même.

— Tss, ferme-la.

— Eh bah, il va être sympa ce moment au musée… »

Je haussai les épaules en osant un regard sur lui. Taeil portait un short ainsi qu'un débardeur, quelque chose de simple mais qui lui allait bien. J'avais moi aussi choisi la simplicité : un jean et un t-shirt. En parlant de vêtements, d'ailleurs…

« Et en plus, t'as même pas ton débardeur qui cache rien ! se plaignit-il. Moi qui espérais pouvoir te mater, franchement il commence mal, l'après-midi.

— C'était même pas mon débardeur, et c'était mon pote qui m'avait forcé à le mettre.

— Ça, ça m'intéresse pas, moi ce qui m'importe, c'est que tu ne l'as plus et j'en suis très déçu.

— Je reste convaincu que je fais face à un jumeau maléfique...

— Allez, p'tit lapin, au lieu de dire n'importe quoi viens avec moi.

— Pardon ? Tu m'as appelé comment ?

— Junwoo, me dis pas que personne t'a jamais appelé comme ça ? Avec tes jolies petites joues arrondies qu'on a envie de croquer, c'est une évidence.

— Ok j'me casse. »

J'étais très susceptible quand il s'agissait de mes joues.

J'eus à peine esquissé un mouvement pour me relever que déjà Taeil attrapait ma main et la tirait d'un geste brusque pour m'obliger à me rasseoir.

« Pas bouger, le lapin, ricana-t-il. C'est pas pour te vexer, c'est juste affectueux.

— Bah ton affection, tu peux te la mettre dans...

— Non, ne finis pas cette phrase, me coupa-t-il. Viens. »

Je baissai les bras dans un soupir et le suivis. Il n'était pas dupe, et moi j'avais la flemme de prétendre que je souhaitais bel et bien m'en aller.

Il me conduisit à un parking où était garée une voiture grise vers laquelle il se dirigea. Il tira ses clés de sa poche et déverrouilla le véhicule avant de me faire signe de m'installer. Un instant, je songeai que je pourrais monter à l'arrière dans l'espoir que ça le dérangerait, mais je finis par grimper à côté de lui (la faiblesse...).

Taeil entra à son tour et démarra. J'étais gêné de me retrouver là, dans sa voiture. Je ne savais pas quoi dire et puisqu'il n'avait pas mis la radio, j'éprouvais la sensation qu'il me fallait trouver un sujet de conversation pour combler ce silence embarrassant qui planait entre nous. Du moins, moi je le jugeais embarrassant, j'ignorais ce qu'il en était de mon exaspérant vendeur qui quant à lui arborait un léger sourire tandis qu'il gardait les yeux rivés sur la route.

Je me demandais s'il s'agissait d'un sourire sincère ou d'un sourire moqueur. Ça ressemblait à un entre-deux indéfinissable qui, pourtant, caractérisait bien Taeil : un entre-deux indéfinissable, aussi agaçant qu'attachant. Pour moi qui m'y connaissais en attraction et en répulsion, je jurerais que c'était avec ces deux forces que Taeil jouait… si on remplaçait les planètes par mes sentiments, bien sûr.

« Pourquoi moi ? demandai-je enfin. Je comprends pas.

— Moi non plus, admit Taeil, mais tu m'intrigues. T'as… je sais pas, t'as un truc.

— Ce genre de phrases, y a vraiment des gens avec qui ça marche ?

— Je sais pas, j'avais encore jamais essayé avec qui que ce soit, t'es le premier à qui je dis ça.

— Alors ça, je suis désolé, mais je peux pas y croire.

— Bon d'accord, y a peut-être eu un autre mec avant toi à qui j'ai sorti ça, mais c'était tout aussi honnête. Il était vraiment spécial, tout comme toi.

— Et toi aussi, crois-moi, ricanai-je, t'es pas banal.

— On m'a déjà dit que j'étais un peu trop direct. C'est ça, hein ?

— Effectivement, tu manques cruellement de subtilité.

— Bof, tant pis, je m'en remettrai, répliqua-t-il en haussant les épaules. Je le vis bien.

— C'est déjà ça.

— C'est donc le seul défaut que tu me reproches ? Mon manque de subtilité ?

— La lourdeur, c'est compris dans le manque de subtilité ou pas ?

— T'es déjà moins timide que sur le rocher, toi, remarqua-t-il alors que son sourire s'agrandissait.

— Si tu le dis.

— Je l'affirme, même.

— Super, ça me fait une belle jambe, rétorquai-je en tentant de paraître désintéressé.

— J'aime les garçons timides mais qui savent mordre. »

Je m'étonnai qu'il ne rajoute pas une allusion sexuelle à la fin de sa phrase. Décidément, je voyageais de surprise en surprise avec lui ...

~~~

Taeil se gara sur le parking et me fit signe de descendre tandis qu'il coupait le contact. J'obéis et levai la tête vers le bâtiment qui se tenait devant moi : sur au moins deux niveaux se dressait le musée d'histoire naturelle. Je ne m'y étais jamais rendu auparavant, mais tout de suite je remarquai une banderole près de l'entrée qui indiquait la création du planétarium. La bannière à elle seule suffit à illuminer mon regard d'étincelles, avec ses tons de bleu foncé constellé d'étoiles.

Je me sentais tout à coup comme un enfant impatient de découvrir ce fameux planétarium !

« Trop mignon, souffla Taeil en arrivant à ma hauteur.

— Ferme-la deux minutes, tu veux bien…

— Si tu me prends la main, je te paie l'entrée.

— Rêve toujours.

— Au moins j'aurais essayé. »

Il étouffa un éclat de rire à mon air dépité et me dépassa, frôlant de sa main la mienne que j'écartai aussitôt. Il gloussa de plus belle. Tss, crétin… Je savais qu'il ne réussirait pas à se retenir trop longtemps d'être con, je me montrais décidément toujours aussi naïf – ou bien ce charme envoûtant qu'il dégageait m'avait une fois de plus aveuglé.

Heureusement en tout cas qu'il se tenait dos à moi, sinon il aurait remarqué que je le matais et je n'étais pas mentalement prêt à affronter encore son regard moqueur.

J'entrai après lui qui alla payer et fouillai dans mon sac à la recherche de mon porte-monnaie en attendant mon tour. Le billet ne valait presque rien, en revanche je venais de repérer une petite boutique de souvenirs quand Taeil se retourna en levant avec fierté devant lui deux tickets.

« T'as de la chance, p'tit lapin, se réjouit-il, je t'aime vraiment beaucoup ! Allez, viens, ça va commencer !

— Hein ? C'est quoi qui va commencer ? »

Mon accompagnant ne répondit pas, il se contenta de ricaner et de me tendre la main. Je passai devant lui sans dénier la lui prendre. Il n'avait quand même pas cru que je lui tiendrais la main et qu'on gambaderait joyeusement dans le musée, non mais et puis quoi encore ?

J'avais envie de la lui tenir, certes, mais ce dont je n'avais pas envie, c'était qu'il s'en rende compte.

« Direction le planétarium, sourit-il pourtant sans se démonter. Tu vas adorer. »

Il me demanda de le suivre. Il traversa plusieurs pièces sur l'évolution de l'humain puis sur la nature. Nous ne prenions pas le temps de détailler tout ce qui se trouvait devant nous, surtout depuis la blague qu'avait tentée Taeil dès la première salle, celle de la naissance de l'homme.

L'autre abruti s'était arrêté devant un panneau qui indiquait les différentes étapes d'évolution de l'animal qu'était notre ancêtre et, avec un large sourire bien débile, il avait pointé l'un des stades :

« Eh, p'tit lapin, c'est parce que tu t'en es arrêté là que t'es toujours aussi grincheux ? »

C'était ça qu'il avait dit, alors j'avais regardé le panneau pour découvrir ce qu'il me montrait : le stade dont la caractéristique principale était la « perte de la queue ».

Très poétique, un vrai rendez-vous galant…

En vérité, j'avais tout mis en œuvre pour rester stoïque et éviter de ricaner comme l'idiot que j'étais moi aussi. Parce que fallait l'avouer, elle était bien trouvée, sa vanne à la con.

Pensant cependant que ça m'avait agacé, Taeil avait cessé ses remarques et s'était contenté de se promener dans les salles, ralentissant chaque fois que quelque chose l'intéressait. J'avais vite compris que plus que les crânes et autres objets du genre, c'était les tout premiers objets d'art de ce monde qui l'intriguaient le plus. Des objets façonnés dans de l'argile ou bien de la pierre, des reproductions des peintures rupestres. Ça lui plaisait beaucoup, je crois : il s'arrêtait souvent pour en lire les descriptions.

Je ne me sentais pour ma part pas très concerné par tout ça. Je préférais les panneaux qui expliquaient la manière de vivre de nos ancêtres, et plus encore, j'avais adoré les galeries des animaux. Outre les dinosaures, il y avait eu nombre d'autres êtres vivants dont j'avais découvert l'existence.

Malgré tout, nous avions traversé ces pièces à la hâte, et les réguliers regards que Taeil jetait à sa montre m'indiquaient qu'il était soit pressé d'en finir pour se débarrasser du grincheux que j'incarnais à ses yeux, soit excité de me montrer quelque chose. Et à cause de son « Allez, viens, ça va commencer ! »

de tout à l'heure, j'avais plutôt tendance à pencher pour la seconde option.

Et nous y voilà. Nous venions de franchir un petit écriteau qui mentionnait que la prochaine salle renfermait le fameux planétarium que je m'impatientais de découvrir. Mon cœur déjà battait un peu plus vite que les minutes précédentes, lorsque je laissais mon attention divaguer autour de moi sans prendre le temps d'observer les trésors que présentait le musée.

Tout ce qui m'intéressait, c'était le planétarium.

Après avoir passé une nouvelle porte qui se referma derrière moi, je m'arrêtai quand je vis Taeil se stopper. Nous nous trouvions dans un long couloir décoré à la manière de la porte d'embarquement d'une fusée. Et la pièce au fond de ce couloir, c'était le planétarium.

« C'est quand même cool, cet endroit, lâcha-t-il en levant les yeux. J'ai l'impression d'être un astronaute prêt à monter à bord d'un vaisseau spatial. »

Parce que j'étais occupé à promener mon regard partout autour de moi, je ne pris pas la peine de répondre. Tout était devenu sombre à mesure que nous avancions, et en me retournant je repérai l'endroit d'où nous venions, une salle de laquelle nous étions séparés par cette porte que j'avais franchie juste avant et qui permettait à ce couloir de demeurer dans l'obscurité.

Des néons donnaient cet effet « porte d'embarquement », la décoration se révélait simple mais réussie. Les murs étaient recouverts d'un papier peint qui leur offrait une texture métallique, et des panneaux y étaient disposés, expliquant ce que nous allions découvrir dans ce fameux planétarium.

Avant même d'y entrer, cette ambiance spatiale me ravissait, je me sentais dans mon élément.

Et malgré tout ce que j'essayais de lui faire croire, j'étais heureux de m'y trouver avec Taeil.

Je franchis la porte à la suite de mon ami. La salle était à peine plus grande que je l'imaginais : il s'agissait d'une large coupole sombre qui reproduisait le ciel nocturne. Je restai un instant muet, béat devant toutes ces lumières qui brillaient au-dessus de moi.

Outre quelques sièges, au centre de la pièce, des bancs servaient non à s'asseoir mais à s'allonger. Puisque ce planétarium ne représentait qu'une petite salle parmi les autres du musée, il ne s'y trouvait que quatre banquettes qui formaient un carré parfait.

Une chance pour nous : il faisait excessivement beau aujourd'hui, mais pas trop chaud. En somme, nous étions seuls ici. Tout le monde profitait de la plage ou bien des rues animées de Busan. Quels idiots à part nous viendraient de leur plein gré s'enterrer dans un musée alors que dehors le soleil rayonnait ?

En attendant, je me réjouissais qu'on dispose de tout cet espace. Ce dôme me fascinait et je jetai un regard envieux aux bancs. Taeil d'ailleurs dut s'en apercevoir.

« On va s'installer ? » proposa-t-il.

J'acquiesçai sans me rendre compte sur l'instant que je lui souriais pour la première fois de la journée. Lui en revanche, il s'en rendit compte aussitôt et me rendit mon sourire d'un air ravi.

Bordel, qu'il était mignon.

Je pris place en premier. Les mains ramenées contre mon torse, je dirigeai les yeux sur la voûte céleste au-dessus de moi. Taeil quant à lui s'installa sur le banc qui formait un angle avec le mien, s'allongeant de sorte que sa tête soit dans le même coin que la mienne. Je crus qu'il allait dire quelque chose, tenter une blague minable, mais il demeura silencieux.

Il me laissait profiter de ce moment, geste attentionné de sa part. J'avais beau feindre de le trouver agaçant, je le trouvais surtout attachant : il espérait juste que je le remarque. Il essayait de m'amuser, il savait que ça fonctionnait, et malgré mes airs râleurs, il tenait à tout mettre en œuvre pour que je me détende en sa présence. J'étais touché de le voir fournir tous ces efforts pour me faire plaisir, et je devais bien admettre que l'idiot dans cette histoire, c'était moi.

Je l'ignorais alors que je souhaitais me laisser aller. Sauf que je n'étais pas comme ça, je n'étais pas capable de me laisser aller si facilement, ça m'effrayait. Je continuais de craindre que tout ça cache une vaste plaisanterie, que Taeil se contente de jouer avec moi. Je ne voulais pas m'attacher à lui parce que je ne voulais pas qu'ensuite il m'abandonne. Je me méfiais aussi bien de lui que de moi : j'étais naïf, je le savais.

Je m'attachais trop vite aux autres – je ne connaissais après tout Taeil que depuis hier soir.

Je considérais ça comme une qualité aussi bien que comme un défaut, tout dépendait en vérité des personnes face à moi. Malgré ses airs froids, Yejun avait gagné ma confiance alors que Jihwan venait de me le présenter. J'avais senti que c'était quelqu'un de bien et je ne m'étais pas trompé. Pour ce qui était de Taeil, j'avais éprouvé cette même sensation. Beaucoup de choses en lui m'avaient intrigué, mais il m'avait aussi touché. J'espérais ne pas faire fausse route, parce que je peinais de plus en plus à cacher que j'appréciais sa compagnie.

Je fus tiré de ma torpeur contemplative quand les astres au-dessus de moi s'illuminèrent de manière plus vive. Je fronçai les sourcils jusqu'à ce qu'une voix préenregistrée s'élève, expliquant que le temps était venu de s'offrir un petit tour dans notre galaxie.

J'ignorai alors si ce qui se mit à briller dans mes prunelles fut l'émerveillement ou bien le simple reflet des étoiles au-dessus de moi. Je me doutai que Taeil devait se sentir fier de lui : pour avoir jeté un coup d'œil à ma montre avant d'entrer, je savais qu'il était désormais très exactement trois heures. Taeil l'avait prévu, c'était ça qui allait « bientôt commencer ». Un voyage dans l'espace depuis ces bancs sur lesquels nous étions étendus.

Comment j'étais supposé pouvoir lui résister après ça ?

Et puis de toute façon, pourquoi lui résister après ça ? Jamais quiconque n'avait témoigné de telles attentions pour moi, et même si je me méfiais, je désirais croire qu'il m'aimait bien et mettait tout en œuvre pour me charmer.

Peut-être même qu'il m'aimait un peu plus que bien, allez savoir. Nous ne nous connaissions pas depuis vingt-quatre heures, mais moi je m'étais attaché à lui, j'avais envie de croire que c'était réciproque.

Le périple dans la galaxie commença, vertigineux mais incroyable. Le dôme au-dessus de nous s'animait pour nous faire voyager tandis qu'on nous décrivait tout ce qui nous était montré. Pour la plupart, il s'agissait de choses que j'avais déjà apprises, mais les entendre dans ce contexte, les voir prendre vie sous mes yeux plutôt que de fixer des images immobiles, je trouvais ça magique. J'étais un enfant qui redécouvrait sa propre passion, je jurerais observer un monde fabuleux se constituer.

« Tae, c'est magnifique, » murmurai-je sans quitter la coupole du regard.

Il ne répondit pas, il avait raison : c'était un moment paisible et je n'attendais pas de réponse. Les minutes défilèrent. Après un bon quart d'heure, ce moment s'acheva sur une pluie d'étoiles filantes semblable à celle à laquelle nous avions assisté la veille. Un sourire se dessina sur mon visage et une fois le spectacle fini, je me redressai avant de me tourner vers Taeil.

Toujours allongé, il regardait le ciel redevenu immobile. Même en dépit de l'obscurité je pus distinguer ces larmes orphelines qui lui avaient échappé.

Assis sur mon banc, je me penchai et, du bout du pouce, j'essuyai la tempe de Taeil qui sursauta. Trop occupé à ses pensées, il ne m'avait pas remarqué, j'ignorais s'il s'était aperçu que l'animation était terminée.

« Qu'est-ce que ça représente pour toi, les étoiles ? lui demandai-je avec douceur.

— Beaucoup de choses, admit-il après un silence qui me sembla long.

— C'est pour ça que t'es aussi ému ?

— Ouais. »

Plus qu'un murmure, sa réponse avait tenu en un souffle qui avait peiné à monter jusqu'à moi. Ça lui donnait des airs de confidence, et je savais que d'une certaine manière, c'en était une. Je n'osai pas lui en demander plus. Il se redressa à son tour avant de m'adresser un sourire.

« Alors, reprit-il de sa voix enjouée habituelle, ça t'a plu ? »

Pour une fois, je souhaitais me montrer honnête avec lui, tout comme ses larmes avec moi.

« Ouais, répondis-je en souriant, c'était dingue. »

Il parut surpris de ma réponse, mais son sourire s'élargit et il opina. Je relevai les yeux sur le dôme, Taeil s'assit vers moi et m'imita. Nous demeurions silencieux depuis quelques instants lorsqu'il prit la parole d'une voix basse et qui, sur le début, s'avéra hésitante.

« J'avais huit ans à l'époque. Mes parents, mon frère et moi formions l'archétype de la petite famille parfaite. Tout allait bien dans le meilleur des mondes, j'avais une enfance sereine que beaucoup pourraient m'envier. Et puis... un soir d'été, c'est mon oncle qui est venu me chercher chez l'ami chez lequel je passais la journée. J'étais content de le voir, à l'époque il tenait déjà son petit magasin de glaces, et chaque fois qu'il venait, il nous apportait quelques trucs qu'on passait ensuite la soirée à bouffer. Sauf que... c'était pas pour ça qu'il était là. »

Sa voix tremblait et, par réflexe, je couvris sa main de la mienne en lui offrant un regard encourageant. Taeil déglutit. Il releva les yeux en direction des étoiles, le cœur lourd et le visage marqué par la douleur.

« Mon père avait été percuté par une voiture en sortant de son travail. Il était tard, un jeune alcoolisé avait pris le volant et ne l'avait pas vu traverser. Le conducteur n'a pas subi la moindre égratignure, mais mon père était à l'hôpital entre la vie et la mort. »

Un frisson courut le long de ma colonne vertébrale à cet aveu.

« J'étais petit, j'avais besoin de lui, j'avais si peur de le perdre. Ce soir-là, j'ai beaucoup pleuré, j'en avais même oublié que c'était cette nuit que nous avions prévu d'observer les étoiles filantes tous ensemble. J'étais dans ma chambre en train de me lamenter quand mon frère est entré et m'a demandé de le suivre. Lui aussi il avait pleuré, ça se voyait. Mais jusque-là, on avait préféré rester chacun dans notre coin, on voulait pas que ça se voie.

« On est allés ensemble dans le jardin et on s'est allongés sur la pelouse. J'étais sur le point de lui demander ce qu'on faisait quand une première étoile filante a traversé le ciel, puis une deuxième, et ensuite une ribambelle d'autres. Mon frère m'a dit de faire un vœu, et lui aussi en a fait un. C'était la première fois que je ne lui demandais pas ce qu'il avait souhaité : je savais qu'on avait fait le même vœu. À chaque étoile qui passait, je renouvelais le mien, comme si ça pouvait le rendre plus puissant. Pour la première fois de ma vie, j'avais besoin de croire qu'une simple étoile filante pouvait réellement exaucer les vœux.

« Au bout d'un moment, il y avait tant de larmes dans mes yeux que je ne les voyais plus, les étoiles. Mais je continuais de les prier comme si c'était ma propre vie qui était en jeu.

« Nous nous sommes endormis là avant les dernières étoiles filantes, et nous avons été tirés de notre sommeil par notre oncle alors que le jour se levait à peine : les médecins avaient du mal à y croire, mon père avait ouvert les yeux et nous avait réclamés, ma mère, mon frère et moi. Il allait lui falloir rester encore à l'hôpital un bout de temps, mais son pronostique vital n'était plus engagé, il allait s'en remettre.

« Je me souviens ce jour-là être arrivé devant sa chambre. Une infirmière venait d'en sortir. Elle nous a souri, à mon frère et moi, et nous a dit que c'était un miracle que notre papa s'en soit sorti. Je lui ai répondu que ce n'était pas un miracle, c'était juste les étoiles. Je crois que c'est depuis ce jour que les regarder me plaît tellement, m'apaise tellement. Elles me donnent la sensation de veiller sur moi, et chaque fois je repense à ce jour-là : elles ont sauvé mon père. »

Il finit son histoire avec une voix emplie d'espoir. Ça me toucha plus que jamais : j'avais attribué son émotion à quelque chose de plus tragique, j'étais rassuré d'apprendre que c'était en vérité un si beau récit que ses larmes cachaient.

Taeil reposa son regard sur moi, un sourire fut échangé et il observa nos mains. La mienne se trouvait toujours sur la sienne.

« Tu crois que notre rencontre est un hasard ? s'enquit-il.

— Je sais pas... t'en penses quoi, toi ?

— Je crois qu'il faut pas attribuer au hasard ce que les étoiles décident.

— Et les étoiles... qu'est-ce qu'elles ont décidé, d'après toi ? »

Lui et moi savions la réponse que j'attendais, mon cœur déjà battait à tout rompre et nos deux yeux s'étaient rencontrés sans plus vouloir se quitter. Je m'étais abandonné à mon instinct, rejetant ma raison qui m'incitait à éviter de me laisser aller de la sorte.

J'ignorai si c'était Taeil, moi ou bien nous deux, mais il me sembla que nos visages se rapprochaient à mesure que les secondes passaient. Toute trace de raison avait bel et bien déserté mon être ; tout ce dont j'avais envie, c'était de découvrir le goût de ses lèvres contre les miennes. Plus rien d'autre n'importait, mon cœur battait trop fort pour que mon esprit parvienne à se faire entendre.

Après d'interminables secondes, son souffle chaud contre ma peau et son bras autour de ma nuque, il me prit mon tout premier baiser. Il agissait avec une telle délicatesse que j'en vins à croire qu'au fond de lui, il savait que je ne possédais aucune expérience. J'ignorais quoi faire de mes bras, mes mains étaient restées sur le banc : j'avais besoin d'un appui, sinon j'allais m'effondrer, et la position ne se révélait pas des plus idéales pour enlacer mon agaçant marchand de glaces.

Ses lèvres caressaient les miennes avec une douceur incomparable, mes yeux clos me permettaient de me concentrer sur lui et ses doigts qui s'entremêlaient aux petits cheveux du haut de ma nuque pour les cajoler. C'était si délicat, si bon… impossible désormais d'imaginer lui résister, j'avais déjà cédé et je ne comptais plus me voiler la face devant lui : j'aimais sa présence, j'aimais son naturel un peu lourd mais adorable.

Nous ne nous connaissions pas assez pour que je puisse affirmer que je l'aimais, mais j'espérais bien le découvrir, il me fascinait.

« Ça va ? » souffla-t-il contre ma bouche en reculant à peine son visage du mien.

Pour toute réponse, je cueillis à mon tour ses lèvres de manière affectueuse.

Si les étoiles avaient un goût, j'étais convaincu que c'était à l'instant et non hier soir que j'y avais goûté... et ça resterait sans doute longtemps mon parfum préféré.

~~~

Installé sur le rocher au bord de l'eau, je contemplais le ciel nocturne seul. Jiwon, Jihwan et Yejun profitaient de la fête, pour ma part j'avais préféré m'en écarter – les bonnes vieilles habitudes. Il était tard, je m'étais assis pour ne pas m'endormir, mais en dépit de ma position, je sentais mes paupières s'alourdir.

Le brouhaha du festival s'élevait jusqu'à moi, néanmoins j'étais à ce point concentré sur l'obscurité que je ne l'entendais pas. Ce que je n'entendis pas non plus, ce fut les bruits de pas qui venaient dans ma direction et que le sable étouffait. La lumière d'un téléphone en revanche attira mon attention.

« Alors, comment va mon lapin ? »

Taeil me rejoignit, il grimpa sans difficulté. Sans hésiter, il se plaça derrière moi, s'installant de sorte que je me retrouve entre ses jambes, le dos contre son torse. Je m'y appuyai volontiers et tournai la tête pour lui voler un rapide baiser.

« Tu sais, déclara-t-il lorsque je m'écartai, je maintiens que le débardeur que Jihwan t'avait filé l'année dernière était vraiment mieux que tes t-shirts blancs. T'es sûr que t'en veux pas un similaire ? Je te l'offre, si tu veux. »

Je m'apprêtais à refuser pour la millième fois avec un air ennuyé quand un sourire malicieux orna mes lèvres. Nous étions après tout ensemble depuis un an, nous nous étions découverts de bien des façons. Alors si ça pouvait lui faire plaisir…

« Tu sais, soufflai-je d'un ton volontairement lascif, c'est bientôt mon anniversaire…

— T'es sérieux ?

— Si tu me l'offres, je le mets.

— Tous les jours ?

— Peut-être pas non plus. »

J'avais beau me tenir dos à lui, je savais qu'un magnifique sourire rectangulaire ornait en ce moment même son visage. Il s'entendait toujours dans sa voix.

Un an plus tôt, au planétarium, Taeil m'avait demandé si je voulais sortir avec lui. J'avais dit non, c'était trop pressé. Il avait haussé les épaules en répliquant que ça aurait pu être l'occasion d'apprendre à se connaître, et que lui m'aimait déjà beaucoup.

Du coup, j'avais craqué. J'avais fini par obéir à ces pulsions de mon cœur qui brûlaient de lui dire oui. L'attirance que je ressentais pour lui se révélait trop forte pour que j'y résiste, et je ne souhaitais plus m'acharner à le repousser.

La façon dont nous avions passé le soir même à nous embrasser comme des dingues chez moi m'avait prouvé que j'avais bien fait d'accepter.

Quand je lui avais avoué ça, Jihwan m'avait harcelé de questions pendant une bonne heure – ça aurait sans doute duré plus longtemps si Jiwon et Yejun ne l'avaient pas réfréné un peu.

Au fil des semaines, nous avions appris à nous connaître et, comme je m'en étais douté, j'avais pu découvrir un garçon doué d'un charme ensorcelant. Il se montrait doux, attentionné, quant à sa lourdeur, elle m'amusait toujours autant – mais cette fois-ci, je ne m'en cachais plus.

Nous essayions de nous voir le plus souvent possible : tantôt j'allais chez lui, tantôt il venait chez moi. Nos études n'avaient pas réussi à nous séparer.

À mon contact, il avait commencé à s'intéresser à l'astronomie, et surtout aux évènements tels que les pluies d'étoiles filantes ou de météorites. De mon côté et après plusieurs visites avec lui chez son oncle, j'avais développé un intérêt particulier pour la confection de glaces artisanales, ça me donnait l'impression de retomber en enfance quand j'en préparais avec Taeil, j'adorais ça !

C'était ce qui nous avait encore plus rapprochés : apprendre de l'autre et se passionner pour ce qui le passionnait. Ça nous avait liés d'une manière très forte – du moins je le ressentais ainsi, et je savais que c'était son cas à lui aussi.

Un an donc s'était écoulé, et pour les vacances j'étais de retour à Busan. Je comptais m'y reposer une semaine puis retourner sur Séoul afin de continuer mon travail. Taeil quant à lui avait prévu de passer deux semaines avec son frère chez son oncle. On s'était mis d'accord et j'étais arrivé trois jours plus tôt après avoir vérifié la date de la prochaine pluie d'étoiles filantes. C'était un évènement que je désirais admirer avec mon petit ami.

Taeil justement glissa la main au niveau de ma taille tandis que, quittant ma nuque, ce fut mon oreille que son souffle chaud chatouilla.

« J'ai hâte de pouvoir poser ma main là sans qu'il y ait le moindre tissu pour m'en empêcher. »

Moi aussi j'avais hâte.

« Dis, tu sais ce qui est encore mieux que de regarder les étoiles ?

— Les regarder dans tes bras ? tentai-je, conscient qu'il fallait que je m'attende à ce genre de réponse avec lui.

— Non, mais t'étais pas loin. »

Sa main glissa de ma taille pour gagner ma hanche et titiller la ceinture élastique du short de sport que j'avais mis en vitesse avant de venir. Mon souffle se coupa quand il faufila la main en dessous, déjà je sentais mon désir se réveiller – alors même que la façon dont Taeil et moi avions passé la nuit précédente n'avait rien de chaste.

« La meilleure façon de regarder les étoiles, murmura-t-il avec sensualité, c'est de les observer depuis le septième ciel. »

Et lorsque sa peau entra enfin en contact avec la mienne, soupirant de plaisir, je vis la première étoile tracer son sillon de lumière pour traverser la voûte céleste.

Table des matières

Avant-propos 9
Arthur 11
La Citadelle 37
Sorbet parfum étoiles 111